LOCUS

LOCUS

LOCUS

LOCUS

La Rochelle

拉荷歇爾

我在這裡學飛

catch 25

拉荷歐爾

——我在這裡學飛

王嘉慧／著・攝影

責任編輯：韓秀玫　美術編輯：何萍萍
法律顧問：全理律師事務所董安丹律師
出版者：大塊文化出版股份有限公司
台北市 105 南京東路四段 25 號 11 樓
讀者服務專線：080-006689
TEL ：(02) 87123898　FAX ：(02) 87123897
郵撥帳號：18955675　戶名：大塊文化出版股份有限公司
e-mail:locus@locus.com.tw
行政院新聞局局版北市業字第 706 號

總經銷：北城圖書有限公司
地址：台北縣三重市大智路 139 號
TEL ：(02) 29818089 (代表號)　FAX ：(02) 29883028 9813049
初版一刷：2000 年 2 月
定價：新台幣 180 元
ISBN 957-0316-04-7　Printed in Taiwan

國家圖書館出版品預行編目資料

拉荷歐爾——我在這裡學飛／ 王嘉慧著.--
初版-- 臺北市：大塊文化,2000［民 89］
面； 公分. -- (catch 系列；23)
ISBN 957-0316-04-7 (平裝)

855　89000453

目錄

初夏 136

後記 201

前言

迎著大西洋海風的

180 個日子

對我來說，飛行，就是張開心靈的毛細孔，

去呼吸世界的空氣。

是自少年時從來沒有忘記的一種渴望。

迎著大西洋海風的180個日子

讀過小海鷗強納森的故事嗎？
如果生存的意義不僅只在於覓食及活著，那麼又在哪裡呢？
強納森從小只一心一意想學飛，不好好地像所有同族一樣為了尋覓糧食及延長壽命而傷腦筋，「飛行」就是小強納森唯一的生命真理。
那你我呢？

對我來說，飛行，就是張開心靈的毛細孔，去呼吸世界的空氣。是自少年時從來沒有忘記的一種渴望。

稱不上很努力卻也就這麼地活著並且開始學習覓食的本領，一直到生命的第二十四個年頭，我決定去學飛。

輾轉地越過了大半個地球，我來到大西洋岸屬於法蘭西的這座古老港灣。那曾是漁人們的碼頭，彷彿還殘存著海鳥最愛的魚腥味兒在空氣中。

我在這裡學飛。那斑駁地冗長地刻劃著歷史歲月的漫漫石頭長廊是我的導師；豎立在港灣旁千百年來屹立不搖始終沉默地捍衛老城的兩座堡塔是我的導師；沙灘上毫無遮蔽地在滿滿一天空斑斕異彩粉紫祥雲中墜入金色大海的火紅夕陽是我的導師。

我在這裡學飛。不遲疑地交付滿懷眞心和愛給一個個異鄉過客的德莉莉是我的導師；用樹枝在沙灘上爲我講解潮起潮落的老船長亞伯特是我的導師；初見時膽小羞怯得叫人無法相信，卻終於憑著龐大毅力，一天一天解放禁閉、誓言要徹底改變自我的富士美是我的導師；潛意識裡不願認同亞洲黃種身份，只愛繞著歐洲朋友打轉心底卻又矛盾不已的尙娥是我的導師；廣場旁小糖果店裡總是身著潔淨白袍、專注而神聖地製作糖果的都伯老夫婦是我的導師；大教堂階梯上坐著一副無賴樣開口討錢，卻在你說沒錢之後，接過你給遞上的大半瓶礦泉水，眼底散發閃爍光采、眞心誠意咧著嘴笑向你道謝的流浪嬉皮是我的導師……

要學的還太多太多，而「學習」卻是一門終身的功課，急不來的。迎著大西洋海風的180個日子，是我學習飛翔的起點。而那學成的終點，還遠著呢！

前面的文字裡頭，交代了爲什麼我要這麼衝動堅持地完成這本書。如果你也曾經試著去飛出自己的一片天，付出了滿腔赤誠的那個起點，總是很難忘懷而意義別具的。

生在一個忙碌擁擠但活力不斷的島國，我曾經那麼自然地承襲了這個地方近數十年來越來越現代化效率化的生活價值觀，憑著完全沒有讀書考試的天份，總算也混到了大專畢業，並且經過幾番摸索，順利地在心之所嚮的傳播圈子裡，找到了一個頗不錯的位子，能夠發揮所長，獨當一面，而且在舒愜的單身生活之外，甚至還可以拿點兒錢回家孝敬父母。我有愛我的家人、和睦愉快的工作環境，社會上和學生時代各個不同時期結交的友人們編織成一張豐富多元的友誼網。在我們所身處的這個社會裡，我是時代新貴，是天之驕女！

所有要做的，就是繼續認認眞眞地坐在這個已經擁有的人生位置上，也許再多些努力，爬再高些，賺更多的錢，讓生活更舒服……然後呢？十年、二十年之後，我將仍然在這裡嗎？不。我將不在這裡。西班牙的牧羊少年在縱貫了整個西葡半島，千里迢迢渡海來到遙遠北非，歷經曲折離奇的冗長旅程，驀然回首時，才發現那夢中的寶藏啊，原來就在當初離家啓程尋寶之處。可是，也的的確確就有些人的寶藏，眞給老天藏放在離家千萬里的遙遙之處。

我等不及到安安份份日復一日什麼也不缺的過了十數二三十年之後，左思右想才怎麼覺得這輩子還是少了點兒什麼。血液裡一股澎湃的聲音，自少年時期從來就沒有一刻停息地，在呼喚著去遠方吧！去飛翔吧！遠方也許未必眞有我的寶藏，就算有，至今我也毫無頭緒，它究竟在哪兒。或許應該說，遠遠地飛去，到一片未知土地去重新生根孵芽，早給深深植入基因的方程式中，成了一個不能，也不願去改變的生命功課。

於是，我放下了既有的一切，憑藉這股從來沒有間斷的小小決心和想望，爲自己換得了一段雖短暫，卻絕對是不曾想過的豐富歲月。以及無數個未知的明天。

我無法將明天預知，只知道，仍然會用盡一切的可能，認眞地、用心地，在世界的任何一角，繼續去學習飛翔的技巧。但是我很樂意，並且非常渴望與你分享，已經走過的這一站路途上，點滴風光和動人景色。

故事的場景，在人們心中風光綺麗情調浪漫的法蘭西，還有從大西洋吹來滿是濃濃異國風情的季節洋流。可是，這本乍看之下很「旅行」的書，我必須要坦白地告訴你，她其實不是那麼的「旅行」，也並不怎麼「飄泊流浪」。

眞正在旅途中的我，是全然地孤獨的。總是一個人坐火車、一個人找旅館、一個人去吃飯、一個人背著行囊走在街頭。

這是我的方式。透過這樣的方式，我才能夠和一個陌生地方產生對話；用自己才懂的密碼，把這個地方，納入生命的一個片段。

當然也可以不堅持一定要用這種方式上路。偶爾，次數不多。

我喜歡稱這幾次「偶爾」爲旅遊、觀光、散心，或渡假。那不是旅行。

以這樣的定義來看這本書，她顯然不能被稱之爲是一本「旅行」書。

因爲，在你將要閱讀的這二十幾篇故事裡頭，「孤獨」幾乎不見蹤影，取而代之的，是濃濃感情、小小感動，和一大堆在寫作時自己都嚇了一跳的長串友情名單——很過意不去的是，當中有些只短短交會的朋友們，我甚至記不起他們的名字，可是，每一張每一張白的黑的黃的褐的面孔啊，是不會給忘的。因爲我們在天涯的這個角落相逢，投注了一顆眞心去交換所有的歡喜哀愁，所以，這些朋友們對我的意義已經不同。

我想要做的，是把自己當作一部投影機，將生命中那麼有意思的一百八十個日子中，身邊經驗過、流逝過的許多小小小小眞情人事物，眞實地投射在你的眼前。

是的，這是一本「生活」的書。情節好簡單，講一個黑髮黃膚的女生，在換了場景的人生舞台上，盡情盡性的演出！我始終相信，每個人在這世界上都有一座最能夠盡情發揮的舞台，在這裡你將不只是一名旅人，而是活生生一個與周遭環境人們相牽連互動的成員。生命好長、但也好短，我們並不因爲生在小小島國，就得一眨眼一喘息都註定消逝在這島上；你曾經渴想、但終究認爲太遙遠的，卻是我的天命。像喝水一樣，再自然不過，且不可或缺。

打開書頁，你會看見這麼樣一個女孩，除了一顆眞心和一股樂觀傻勁兒之外，只帶著雙渴望去看見這個世界的眼睛，獨個兒往異鄉故事的字裡行間去，專注地過生活、專注地交朋友、專注地去發現上天所讓看見的每一處生命細微；每一行每一句，都攙著呼吸和心跳。

把我的歲月當作一篇篇故事來讀吧！我會很喜歡知道，如果在你的心頭，曾經泛上一絲絲的漣漪、或者悸動。也許是一抹味道、一段印象，喚起了你靈魂基因深處對生命、對日子的某種渴想；也許只是在書頁翻飛中你睜開了想像與回憶的雙眼，再一次憶起了心底那股對遠方的嚮往。

暖冬

一式的線條柔軟的大塊平原風光，
兩岸並沒什麼不同

「登陸」時心底一股莫名其妙的悸動，
奇特的是，從頭到尾沒有人要看我的 passport 和 visa ，
車抵巴黎北站，下了車只幾步路就走出月台來到大廳，
再幾步就走出大門口來到馬路上

親愛的大家：

總算是順利安抵La Rochelle。從Brighton搭火車到倫敦市區，再換車往「歐洲之星」的發車站「Waterloo」；「歐洲之星」三小時的車程當中，穿越英倫海峽只花了十來分鐘，黑暗中一陣轟隆隆隱約的嘈雜之後，再出現眼前的已經是法蘭西領土。

一式的線條柔軟的大塊平原風光，兩岸並沒什麼不同，可是不知道為什麼，「登陸」時心底一股莫名的悸動！最奇怪的是，從頭到尾沒有人要看我的passport和visa，車抵巴黎北站，下了車只幾步路就走出月台來到大廳，再幾步就走出大門口來到馬路上，旅居巴黎的報社老同事朱來接我，我就這樣到了法國。

看起來瘦瘦的朱，幫我整整做「苦力」做了兩天，提著我的大行李箱，在沒有電梯的各個地鐵站爬樓梯上上下下，看他臉上青筋畢露，要我一個的話可就慘了！後來一直想去張卡片感謝他的招待，卻也沒空下筆。因為一到La Rochelle，立刻面臨生活的基本問題：無法開口說話，也聽不懂別人說什麼。

當時我就領悟到，在La Rochelle的第一個月，至少我必需要非常非常非常的用功苦讀，根本不必談什麼「享受生活」。總得先能作最基本的會話和溝通之後，再談其它！

而除了語言不通這個大問題之外，其實最想告訴你們的是，這裡的一切，看來幾乎就是我夢想中去體驗「歐洲小城生活」的理想地點呢！所以，請不必太為我擔心。這座中古世紀的老城，不大不小，寧靜自在，人們友善淳樸；所有的街道、商店、城堡、教堂，讓人走在其間像活在歷史裡一樣。這兒靠海，但城區不直接面臨海邊，而給環抱在一座美麗的港灣裡。海風並不太強、天氣也不太冷。從市中心沿著港灣可以一直走到學校，大約二十幾分鐘，沿途景色天寬地闊美不勝收！下次我寄明信片你們就知道。

民生消費比英國便宜之外，最開心的就是，這個時節，在這裡我的每一天平均比英格蘭要多出整整兩個小時！那兒每天下午四點準時天黑，南下了幾格緯度來到這兒，至少可以撐到六點以後。傍晚城區港灣邊的夕陽美得像幅畫！回家吃飯的一路上，正趕上細細欣賞那每一次都不盡相同的豐富絢彩。

我班上共八人，光哥倫比亞小女生就有四個，她們當然天天湊在一塊兒。其餘英國男士一名、巴西男生一名、挪威老紳士一名，大家都很和善。每天輪流來教我們的兩個老師，是一對姐妹花，倆人氣質一式一樣，連穿著髮型都一個樣，可是一胖一瘦，姐姐大概有妹妹的兩倍，很有意思！

房東太太 Delile 女士完全不通英文的情形你們已經知道了，不過所幸她腦筋轉得快，現在我們之間溝通的橋樑在電話裡：她一串號碼撥到鄰鎮一位喚作「媽咪」、聽上去與她年紀相仿的友善女士那兒，這位太太在社區學院學過簡單的英文，態度非常熱誠，告訴我說她是

Delile家的親戚也是好友。舉凡每天開飯的時間、住宿的基本規定、搭巴士去上學的注意事項等等，我急欲了解的資訊，全透過「媽咪」的熱情翻譯給搞定了。每回Delile和我兩個，拿著支電話在那兒傳來傳去，過程當中不住地互相交換傻笑，雖然是身處這麼個言語不通的世界裡，卻不知怎麼地，覺得自己與Delile，以及話筒那一端的「媽咪」，距離是如此親近。

聽得出來「媽咪」挺高興，平日所苦學的專長，這回可大大地派上了用場。她腔調濃重的英語裡頭，語氣總是明朗而興奮的。可是她也不忘一而再的提醒我，要盡快地踏出使用法文的第一步！她似乎對於我竟連一句法文也不會卻來到了這兒的這件事，感到很迷惑不解。

其實就連我自己也不免有同樣的疑惑。但是幾天下來，在學校、在家裡，甚至於街上商店裡頭，像「媽咪」這樣熱誠的人不斷出現，漸漸感覺心頭的疑慮和惶惑，正在一點一滴的煙消雲散。

來到新地方，太多新鮮事和心情感想想告訴你們，希望等下次寫信時，能有好消息送上：我已經可以開口講法文了！

With love & big kisses

嘉寶　05/01/99

P.S. 我的電話號碼在背面，晚上七點到八點晚餐時間請盡量不要打。若打來我不在，請試著與房東太太說：買—荷—西，歐—荷—華（謝謝，再見）。其中兩個「荷」，請輕輕用喉音發，覺得有一點喉痛的感覺就對了。這樣總是比半句不通就掛了電話要禮貌一些。法文初級課，大家試試看吧！

在一陣不知所以的兵荒馬亂之中
才抵達這片陌生土地的第二天
我的新生活，一點兒沒得商量的
就要準時上路了——

我的新生活

開學那天一早下著不大不小的雨，風倒是挺強勁；整個天空一片灰黯慘澹，我和室友桑塔坐在房東太太德莉莉的小車裡，慶幸著有好心的德莉莉載我們去學校。

車子終於進入市區了，昨晚讀的那份拉荷歐爾觀光簡訊封面上一對美麗的堡塔出現眼前：她們眞的在那裡，就站在港灣兩邊，一左一右地在狂風暴雨中，像守護神般護衛著港口。

這就是拉荷歐爾的心臟地帶了！儘管車窗外視線模糊，我們倆不放過任何一個機會、努力的東張西望，充滿好奇與興奮的、想看清這座城的模樣。

外面一片灰茫茫，彷彿滿街的人和車都因爲這惡劣的天候而躲起來了，一種荒寂之感浮盪。學校似乎並不很近，車子穿過了城中心後，繼續往城另一頭、一條沿著長長堤防而築的筆直大道開去。

我們好像已經出城了，雖然一路上有德莉莉的導覽解說，但對我來說，卻只能當作是窗外雨聲的背景啊！車內的小小空間，只有桑塔和德莉莉一問一答、一搭一唱。桑塔的法文眞厲害，不曉得要多久，我才能說的像她一樣好呢？

終於看到學校了。德莉莉和桑塔兩個，不斷指著遠遠風雨迷濛中出現的那棟摩登建築物，對我說：「雷高勒！雷高勒！」。我們的「雷高勒」眞漂亮，果眞和介紹手冊上的照片一模一樣！

新年元旦假期過後的第一天，整個學校裡都是剛報到的新生，每個人臉上一副不太放得開卻又期待著些什麼的表情；誰將會跟自己一班呢？誰會是我的好朋友呢？坐在角落那個金髮男生看起來挺和善、圍成一圈嘰嘰喳喳講著飛快的西班牙語的幾個小女生，是西班牙人還是墨西哥人或者哥倫比亞人？在那邊走來走去的男士，至少已經四十好幾了，他也是我們的同學嗎？

很快的我就發現了自己是全校唯一的東方面孔。這倒挺有意思，我一點兒也不介意，眞正擔心的是，搞不好，自己竟是全部新生當中法文最爛的一個呢！

關於這一點，在事後證實了好像是眞的。不過，反正既來之則安之，我始終相信船到橋頭自然直，人是具有在任何環境下都能生存的潛力的。只不過語言不通，又不是世界末日。不如先別多想，來逛逛校舍吧！在遙遠的另一大洋，我像是個媒婆亂點了自己的鴛鴦譜般，就要了完全不認識的「他」，現在，該是掀起蓋頭來的時候了。

雖然已經在圖片上看過學校的外觀，仍然不敢相信，我們眞有一個像五星級飯店一樣典雅舒適的學校！一進門是光潔明朗的挑高大廳、櫃台裡有專業親切的工作人員——雖然我聽不懂她在說什麼；再往裡頭走，寬敞的咖啡廳窗明几淨，這裡甚至還供應每天更換菜色的熟食午餐呢！至於後來才見到的語言學習中心，更叫人爲那兩面整個挑高落地像玻璃牆似的大窗而驚嘆不已！窗外還有池塘呢！

想想，能夠每天坐在這般超級採光的舒適空間裡，快樂的學習，簡直跟置身天堂差不多啊！在這幢完全人性化自然採光設計的學校建築中，隨著太陽緩緩挪移方位、雲朵悠悠飄盪飛翔，光影就像躍動的精靈般，出沒校園每一個角落，不安份地四處嬉戲。有時往人髮稍衣角輕輕一掃，忽地又不見了蹤影，等轉頭一看，發現它們正躲在牆角盆栽後頭吃吃笑著呢！

而就在當天中午時分，這群頑皮的精靈，居然暫歇了它們最愛的抓迷藏遊戲，在不知道誰的指令下，全員出動，齊聚一堂，來歡迎我們這批遠渡重洋的新生了！

接近正午的時候，雨停了、太陽出來了。溫暖可人的冬陽，從垂滿綠藤的二樓天庭灑了進來、從每個房間大塊大塊的落地窗灑了進來，整幢屋子裡頭一盞燈也沒開，人給包在暖洋洋金橙色光線中舒服得都不想說話了。

全員先是齊集在演講廳裡，聆聽校長馬丁先生及重要師長們的致歡迎辭（我雖然不太確定，但想開學第一天講的總是這些話）。接著要登場的是歡迎酒會——這我可以肯定，因爲，一杯杯斟好的酒及下酒點心，已經給擺在一旁了。

愛極了當天所準備的酒！紅、白兩種都濃郁而甘美，是我從沒嚐過的滋味兒——後來知道了，那就是拉荷歇爾一帶的著名特產「比諾甜酒」。難怪馬丁先生高舉酒杯、嘰哩咕嚕的介紹了一大串，面露驕傲得意之色。

馬丁先生個子高大、溫文儒雅，架著細框眼鏡的丰腴面頰上泛著健康的紅色。優雅又柔軟的法語從他口中一個字一個字輕輕吐出，就好像是天經地義世間再自然不過的事，還真難想像他若口操別種語言會是個什麼樣。沒想到，我幾乎立刻就有幸見識。

和善的馬丁先生，一點兒不擺架子的與新生們一一打招呼閒聊，整個歡迎酒會裡只見他陽光般地穿梭全場，就在完全沒有心理準備的情況下，眼看著他往我這兒直直走過來了。

在他主動友善的問候之後，我面帶微笑地、慢慢吐出了兩個字：「我，初學者。」眞是糗得想鑽到地底下去！全校唯一一個連問候話都說不出來的人，一定就是我了。而也就在這時，馬丁先生，竟開始用他說法文一式一樣的優雅語調，講起流利順暢的英語來了。

「妳說英文嗎？哈哈！不用擔心，妳也許正以爲我們全校沒有一個講英文的人吧。事實上，這只是我們的原則——儘量不和學生說英文，不管他的法文有多爛！我們製造一個全然的法文環境，這是學語言最快的捷徑了。不過呢，在剛開始這個階段，對像妳這樣的完全初學者來說，我了解也許會有點兒難，所以啊，」他突然壓低了聲調，彷彿接下來要講的是一件極機密，「不管生活上或課業上有任何問題需要幫助，千萬別因爲法文不好而不敢開口求助啊！其實，這學校從我開始，每－個－職－員－都－會－英－文－呢！」

哦，原來這就是這所學校裡最大的秘密啊！

馬丁先生睿智地一眼瞧出了這個東方女生完全是零的法文程度。他的友善態度、和偷偷給打的這支強心劑，著實更壯了我的膽，「沒問題的，我一定要很快就能說法文！」。不過在這之前，國際語言總還是可以用用的嘛。大夥兒手裡的酒還沒喝完，已經開始興致勃勃地期待著放學後要由馬丁先生親自領隊的「拉荷歇爾古城徒步之旅」了！

看在天公作美的份上，我們將沿著長長堤防、看著水天一色，慢慢走進古城中心；繞過點點白帆停泊的美麗港灣，向那兩座驕傲堡壘再一次行注目禮，然後鑽進城裡刻劃著歲月痕跡的一條條石板窄街，在無止盡的石造拱廊底下彎來彎去，我彷彿又可以想像、不，應該說，已經知道，我即將要戀上拉荷歇爾！

有美酒、有新朋友、有無數未知的新鮮事兒就在眼前，在濃濃酒香和滿室清脆響亮的觥籌交錯聲中，「A VOTRE SANTE！」敬我的法國新生活！

手裡頭一張薄薄傳眞函上白紙黑字寥寥數語
終於在眼前幻化爲栩栩如生一對母女
期待想像的過程是盼望又怕受傷害
而自這天開始
她們倆就是這片全然陌生異域當中
我最親密的家人了——

德莉莉&德媽媽

關於德家的大大小小新鮮事兒，恐怕出一本專書都寫不完。

我就在這大半年之中，從剛開始只能邊看著德莉莉表情豐富的肢體表演、邊進行「腦筋急轉彎」，猜測她究竟在描述什麼故事；到後來隨著法文略有進步，越來越能進入狀況，終於一步步登堂入室、走進精彩萬分有歡笑有淚水的德家世界！

第一天見到一頭銀白亂髮的德媽媽時，還眞給嚇了一跳——學校給的資料顯示，德家應只有德莉莉女士一名成員啊！這位被她介紹爲「mama」的老太太，想必就是她的母親；也許是

遠道來作客的吧！

「ma ma」挺福態，圓圓胖胖的身軀裹著條雪白蕾絲邊圍裙，裙沿底下兩隻細細白白的小腿露在外頭，顯得有點兒不成比例。頂上所剩不多的髮絲，像棉花糖機器裡尚未滾成形的飛絮般不受地心引力控制地四散亂舞，有一種滑稽的喜趣；一張臉上顏色白晰，雙頰玫瑰似地一抹紅彩。這位精神的老人家，是會讓人歡喜相處的。

而一旁的德莉莉，初相見在當天火車站的大門外。第一印象是，怎麼看著也不像先前給的資料上所說、已屆退休之齡的女士。當那部黑色小車咻地一聲停駐眼前，下來的是位同樣一身黑的嬌小女士，偏紅的短短褐髮隨意地略在耳後，兩隻鑲著金邊的菱形大耳環夾著耳垂奪目耀眼。因爲體型瘦小加上性子急，動作也格外靈活，當她遠遠向我拼命招手時，甚至隔著車身見她上下不住地跳啊跳呢！

在原先的想像中，我卻把德莉莉給想成了應該是像德媽媽那樣眞正有「老太太味道」的老婦人，沒想到，腦海中已成形的房東太太的模樣，原來竟是房東太太的媽。

怪的是，當天的晚餐桌上，卻從頭到尾不見德媽媽身影。就在我和德莉莉兩人努力地專注於那頓有口不能言的尷尬晚餐時，起居室兼餐室另一頭一扇緊閉著的門後，也同時傳來鍋碗瓢盆之聲，好像那兒也有人正在爲張羅晚飯而忙碌。可是，德家的廚房明明是在另一邊啊！

德莉莉手指著那扇門的方向，不斷告訴我：「ma ma！ma ma！」並且還加上努著嘴的誇張表情，生動的一張臉上好像寫著「我告訴妳，就是這個樣。隨她去吧！」。這到底是怎麼一回事？難道，德莉莉是個不孝女，不但不與媽媽同桌吃飯，還要她老人家自行張羅吃的？

事情的眞相一天天明朗化。原來，德家這對年齡加起來一百五十二歲的母女倆，各擁一片天的生活在同一屋簷下。德媽媽擁有一套獨立衛浴的臥室兼起居室，以及一間特別加蓋出來、直伸到花園裡去的大廚房。德莉莉這邊，則有我們每天吃飯聊天看電視的生活重心所在——小而溫馨、永遠充滿花草綠意的舒適起居間，以及另外一間同樣有電視機和用餐區的大廚房。

可是，這棟只住兩個女人的房子，爲什麼需要兩套廚房？

我實在想不透，德莉莉爲什麼不寧可要一間臥室？她把樓上僅有的兩間臥室長期租給學生，樓下則是德媽媽的臥室，至於她自己，嘿，沒錯，她睡在起居室的長沙發上。

剛開始我實在覺得很過意不去。自己睡在舒適又寬敞的雙人床上而德莉莉卻卡在樓下那張藍沙發裡，這怎麼想都不太妥當。可是再想想，兩間長期出租的臥房，或許正是德莉莉用以維繫她們母女倆生活的重要財源之一呢。若要請她自己上去住，覺是睡得舒舒服服，可是錢從哪裡來呢？

這是一開頭自己一廂情願的以為。慢慢地我們才越來越明瞭，德莉莉之所以寧願長期接待學生而自己睡沙發，並不只爲了賺錢。

很久很久之後，一個我和室友正好雙雙出遊過夜都不在家的周末過後，再回家時，見德莉莉那股興奮的勁兒，我終於稍微能體會，孤家寡人的她，身邊是多麼需要可以作伴兒又可以讓她發揮母愛的人陪伴。

「前夜裡妳們都不在，媽媽睡了之後我悶得慌，拿起電話來，把全國各地所有親朋好友都聊遍了哩…」一進門還沒走進屋子，她就這麼跟著在後頭叨叨絮絮。

「今天晚上和我一起看電視嗎？第二頻道有好片子哦…」

那天德莉莉臉上急切中又是期待的神情，突然令我想起了家鄉的母親和祖母。後來每回再出門遠遊，除了習慣性的在落腳處給台北家人電話之外，代表德家的那十個數字，從此成了第二串烙印心頭的號碼。

說回了德家廚房的事，哈！這就得要先來談談德媽媽的「gros mangeur」性格。這個直譯為「大食客」的法文字，對法國人來說，泛指所有愛吃、會吃、懂吃的人。德媽媽是老一輩的法國人，她完全承襲了這項古老的法蘭西傳統美德——很多這一代的人老早就不講究這些了——比方說德莉莉。

在早年，德家只有一間廚房。崇尚慢工出細活兒、講究精緻好滋味兒的德媽媽，與喜愛自然原味，作菜永遠少一根筋的德莉莉，兩個人進了廚房簡直水火不容，每天從菜色的挑選、烹飪的方式，一直到飯後杯碗瓢盤怎麼歸位，兩個人都有得吵；最後沒法子，決定另外加蓋一間廚房給德媽媽專用，兩人各做各的、各吃各的，從此終於風平浪靜。

而德媽媽也眞妙，這個今年就要芳齡九十的老太太，身子硬朗嗓門兒宏亮，對於自個兒料理三餐並且一人獨享的這回事兒，她完全樂在其中。還不是人人都有機會嚐到她的私房菜呢！除了偶爾送來請我們品嚐的秘製甜點——蜂蜜檸檬煎餅之外，有幸經常受邀成為她的座上客的，大概也只有三個寶貝曾孫了。

事實上，除了賭馬和種花之外，我相信，「吃」，絕對是德媽媽人生中最大要務。關於這一點，做女兒的德莉莉也深有同感。

德媽媽每天作息固定：早上八點開早飯，正午十二點用午餐，下午五點點心時間，晚上八點晚餐準時開動，十點就寢。附帶說明，午餐前兩小時開始各項準備工作及烹飪，晚餐亦然。

而且在進餐時要專心一意地品味食物之美，這段時間我們是絕不會去打擾她的。

也就是說，加上每頓飯一小時的用餐時間，德媽媽的一天中約有八小時都在爲「吃」而忙碌著，其餘的時間分配，則爲看電視、研究馬經，以及在花園裡工作。

哦，不。我還忘了提德媽媽每周要進行兩次的一項重要活動——其實這件事說穿了，仍然爲了吃——那就是：上菜場！

每個星期三及星期六，是拉荷歇爾傳統市場最盛大熱鬧的日子，平時只擺滿在市場前小廣場上的各種攤檔，在這兩天會擴張延伸到附近的四、五條街，直到大老遠另一頭一間小教堂前的廣場。菜市場方圓十里之內一片人聲頂沸的忙碌景象，平常在鄰近其他城鎮做生意的各種土產攤舖也都齊集一堂，除了觀光客紛紛聞風而至趕著湊熱鬧之外，本地人也喜歡提個大菜籃去一口氣採買一周所需。

尤其拉荷歇爾城內只有一家小小超級市場，沒有車的人或上了年紀者，也不方便經常去城外的「家×福」等大型量販店補貨，所以，每周三、六的大型市集，對當地人來說眞是太重要了。遠遠地在快要接近市場週邊區域時，就可以見到街上拎著大包小包剛剛採購完畢的老先生、老太太們，以及一手挽菜籃、一手牽小狗，正要上菜場去的年輕情侶檔；而我們家的德媽媽，也固定在這兩天的早晨，加入大批採購人潮中，而且風雨無阻。

這可是德家的大事一件。德媽媽雖然身體健朗，但畢竟年事已高，平常的活動範圍也頂多就是自家庭院。只有在每周的這兩天，她堅持自行上菜市場，盡情瀏覽各家食物攤檔、仔細挑選自己想吃的、愛吃的。

每到星期三、六的早晨，德媽媽就會盛裝打扮，穿著早已過時、有點兒緊繃在身上的裙子套裝，足登兩吋高跟鞋，擦上胭脂抹上唇彩——她就以這副行頭，一個人走上十五分鐘的路到菜市場！

德莉莉是這麼說的，「她呀，這一輩子都穿高跟鞋。跟她說已經年紀一把了，也不怕哪天在路上跌一跤，她就是不聽。反正那是她的人生，隨她吧！」

話雖這麼說，但每逢這兩個早晨，德莉莉還是會不住地頻頻看鐘，並且一邊唸著「媽媽怎麼還沒回來？」；若德媽媽出門兩個小時以上，德莉莉就會拿起車鑰匙，宣佈「我去接媽媽！」

然後開著她的小車，沿路搜尋德媽媽的蹤影。

至於德媽媽這邊，則完全像個沒事兒人一樣地，頂著接近正午的豔陽，拎著所採買到的豐盛食材，汗流浹背姍姍遲歸，快活地像唱歌般嚷嚷道：「我現在要開飯囉！」

這就是我的家人。客途裡一開始就精彩到後來更難忘的異鄉家園裡，給了我篇篇動人回憶和遼闊揮灑空間的一對母女。

趁著這個午後天清朗
請你睜開想像的眼睛
跟著我的腳步
一起逛大街去——

一個星期三的午後

城區裡港灣旁的咖啡座上，剛享用完一頓驕陽裡夾雜著冷風的露天午餐，慢慢地小口啜飲我的 Espresso ；她是那麼的小小杯，小心翼翼用指頭勾住迷你的把手，一滴一滴的飲，就怕一口把她給喝完了。

其實嚴格說起來，二月天，選擇坐在街邊的露天座上，是有點不很舒適。但今天陽光這樣燦爛、一片天這樣蔚藍，雖明知外頭還是涼了一些，可又怎忍心把自己給丟進背後那一塊黑玻璃裡頭去呢？

所幸，暖暖冬陽威力不弱。在這張暫時只屬於自己一個的小圓桌上，高腳玻璃杯的影子倒映在筆記本，杯子裡的清水，在白紙上展現波光粼粼，眼前的一切，是鮮活、躍動的。

小咖啡館除了門口兩側靠牆各擺著兩套桌椅之外，再前方，靠馬路邊上，還另搭了座約一階梯高的木頭平台，用圍欄與馬路間隔。一路走來的每家大小館子都有這麼塊平台，擺在那上頭的幾張桌椅，看起來是這麼的舒愜、風雅，一點點高不可攀的感覺。尤其在這個午後金色暖陽的映照之下，那簡直就像是給電視廣告裡的俊男美女們坐的，他們人手一杯香醇咖啡，衣著優雅中透著濃濃休閒風，在暢快談笑聲中，鏡頭然後帶到其中一人被陽光打得金黃的臉部特寫：「享受人生，某某牌咖啡！」

自己也很想坐上去來一杯如此不同凡響的咖啡，但理智打消了這個念頭。畢竟，現在仍是冰冷的二月天啊！靠牆的座位還是比較妥當吧。至少在享受最愛的大自然生命泉源的同時，還有身後一片牆作爲擋風屏障；乖乖聽從理智給的建議，在牆邊面街坐定之後，心底也暗暗決定好了，等下個月天更暖，就要移到平台上頭去。

小小咖啡座，卻坐擁如此美景，這好像有點說不過去。想起那回在巴黎某間著名的「左岸」咖啡館前，與身邊數十各國觀光客同飲露天咖啡的景致：我們面臨一條灰灰大道、當天空佈滿灰灰雲層時，眼前眞是灰灰一片。感覺上那一杯二十二法郎的咖啡、好像也有一點灰澀。

可現在，這杯西海岸港邊的咖啡，啜飲起來卻不知怎麼地、有一種天寬地闊的暢然。望向馬路那頭，眼光掃過名喚「古老」卻仍朝氣蓬勃的港灣，不遠處正是這座老港的門戶、一左一右昂然佇立兩座堡壘。高的那座是聖尼古拉，塔頂上紅白藍三色旗迎風招揚；她的夥伴、矮矮

胖胖的是鎖鏈塔，名字挺寒森，聽說百年戰爭時用來關過英軍的。都過去了，至少表面上；開心的英國觀光客，乘著白、綠相間的水上計程車，正緩緩駛進雙塔的懷抱來。

港灣裡，是數不清的隻隻大船小船停泊。船桅直直佇立在清冷透徹晴空之下，白色的桅杆、與藍天之中朵朵白雲，是那樣契合，這種莊嚴諧和當中卻又帶著濃濃休閒味道的美感，很難形容。或許，這就是爲什麼，海邊河畔、靠近水天一色的所在，總是那麼樣深深吸引人們的原因了吧。

再更遠的前方，是城裡教堂的鐵灰色尖塔，以細瘦尖塔爲中心點，眼光開始往右手邊挪移。右半邊視線裡，目標最顯著的是那座古老的鐘塔城門，對著港口的那一面，上頭一只巨型大鐘。鐘塔前永遠也有三三兩兩或緩緩踱步或呑雲吐霧或立定不動閒閒地望著港灣風景的人們。他們在等待著的，或情人或好友或不知哪一張期待的面孔。「大鐘下見！」是城裡人聯絡約會見面的唯一詞語。

大概從來也沒有誰會去看那鐘來知道時間，我想。因爲，如果人在城門下，那只鐘實在太高又太大，仰著頭也是辛苦；而如果人在遠遠的，就好像坐在這咖啡座上，隔著港灣船隻往鐘塔望去，雖然看見大鐘，上頭的時間卻看不清。不過，反正大家也不在意這一點，重要的是，只要知道那大鐘總高掛城門上、而城門總佇守港灣邊，一如數百年來，無論清晨、午後或黑夜，永遠靜靜地以母親之姿守候，莊嚴而溫柔地、迎接乘帆遠來的水手遊子們，送別揚帆航去的城內子民們，那麼人心就安了。

如果起身從這兒走到大鐘下，只要沿著整座弧形的港灣，繞個半圓，沿途是整排餐館林立，這一帶是全城最佳的看人與被看的焦點所在。悠哉悠哉熙來攘往中，有裹著一身勁爆皮衣的青年男女昂首闊步、牽著愛犬的婦人體態微胖卻從不忘擺出風雅之姿、戴頂鴨舌帽的老先生手挽那同樣危危顫顫的另一半；而坐著的，更是千奇百怪什麼樣人也有。

已經是午後近五時了，光影漸漸從頭頂移到身側，可以罩上墨鏡，露天座上選個好位子，加入這幅熱鬧圖畫去，準備迎接即將正對著你上演的夕陽西下精彩戲碼，將這場天天上映的色彩魔術、給好好瞧個仔細。

金橙、靛紫將從海平面那一端向上慢慢擴散，雪白雲朵會變成魔幻的銀粉色、還刷上一點點金粉，就像童年夢中的糖果世界裡、那朵會唱歌跳舞的棉花糖寶寶一樣。而這時抬頭遙望更

高處，藍天依然，只不過逐漸給染上橙黃、粉橘、紫藍…整個色調將從鮮明而漸暗沉；拉荷歇爾城璀璨絢麗的夜生活，於是在五彩霓虹燈光下正式登場！

或者你也可以不作停留，直接鑽進大鐘底下城門中，趁著天色仍亮，來一場古城歷險！進了門就是老城的繁華中心，沿著窄窄蜿蜒石板街路，引人購物慾望的各式商店一字排開，光是 window shopping 就足叫人頭暈眼花。如果還想得到的話，稍微抬起頭來，欣賞那一幢接著一幢佈滿著歲月痕跡的屋宇，一律兩層或者三層、有時還加上閣樓一扇小小的窗。

窗，是這種老建築的精華所在。我尤其愛看沿街一扇扇木頭窗門，極老舊，被家家戶戶給漆上不同色彩，它們或敞開或緊閉或微掩，看似差不多卻從來沒有哪一扇是完全相同。

我喜歡在午後，閒閒散散走在窄街上，時而仰頭去望見那一道一道不同色彩的窗門、與或石灰白或鐵灰色的古老牆面形成一種強烈而美麗的對比；時而彎進舊樓底下的漫漫長廊，聽自己腳步聲在整個由石塊打造的拱形空間裡清脆地喀答喀答迴盪著，大約十分鐘的腳程，可以走到街角那間小小點心店，門一推開刺耳的一聲「叮咚」鈴響，一頭大波浪捲髮個兒極瘦小的老闆娘馬上會出現在五秒鐘內。

在這種傳統的法式糕點小鋪裡，人人最愛的第一選擇，還是最傳統的手指泡芙。有咖啡跟巧克力兩種口味，在表面塗抹一層厚重香濃的糖霜，咖啡色跟巧克力色，好認得很。而裡頭也給擠滿了這兩種口味的奶油。這種泡芙除了做成長長一條的手指形狀之外，也有一大一小雙球形疊在一塊兒像個小雪人似地。經過時各買兩個回家，正好在晚餐後給大家甜甜嘴。

天色暗了，就要開飯了，小心翼翼捧著脆弱的紙盒，手中的甜蜜幾乎沒有什麼重量。冬夜裡的風還是涼了些，街邊的路燈啪一下地全亮了，隔著街望見我將歸去的那扇門內，暖暖燈火下是熟悉身影。

習慣來杯紅酒當早餐嗎？
讓我們上法國酒館去，
來個小小冒險吧——

法國酒館的早晨

去歐洲之前，我對當地的酒館、PUB休閒文化並沒有什麼深入研究。在英國那陣子正逢嚴冬，經常與英國友人結伴，在冷風颼颼一副山雨欲來之勢的灰色午後，出了學校大門直接就往對街巷子的小酒館裡鑽，把身子投進角落那張長長的紫紅色絨布座椅——對，就是最最典型的歐洲老酒館裡頭、彷彿已經過百年來酒客們的青睞卻從來也沒清洗過的那種。

我們在那裡喝愛爾蘭啤酒，聊橄欖球比賽、和皇室醜聞八卦。當然，還有永遠固定的「每日話題」——天氣。

那是最英國的生活即景。是我們空閒時的第一個去處，也是寂寞時最後一個去處。我們不但下了課去，偶爾也吃過晚餐後，手套、帽子全副武裝的從山坡上步行半個小時的路到城裡去泡酒館。那裡面的空氣在白晝時悠閒而慵懶，入夜之後，一片喧嘩沸騰。

而這一切，在晚上十一點差十五分的重重銅鑼聲中接近尾聲，要再來一杯的請快；當時鐘指針滑到十一點整，一切就嘎然而止。

有點兒髒亂擁擠的PUB場景，佔了我在英倫九十個日子的不小部份。是那年英格蘭冬季裡一個溫暖的記憶！

後來我收拾行囊，往法蘭西去，準備坐在露天咖啡座上，好好喝他幾杯法國咖啡。卻沒想到，美麗的法蘭西，不單眞有長長一條街一家接著一家、視野怡人叫人坐下就不願站起只想好好做個白日夢的優雅咖啡座，還有別具風味兒的法式酒吧！

英國傳統PUB大名遠播，大家不難想像那裡面是怎麼一回事，可是，這個法國酒館又是個什麼樣呢？

第一個告訴我這消息的是挪威船長亞伯

特。那天我們倆行經那條每個周末都會擺出古董市集的老街，平常的午後，街上一片蕭條，零星的幾家商店都還在午休。亞伯特忽然拉著我到一扇緊閉的鐵柵門前，興致昂然地向裡頭張望。

「這是我最喜歡的一間BAR哦！別看它破破舊舊，」從外頭看的確眞破舊的可以。「最正統的BAR賣的是感覺，人的感覺和酒的感覺。航海久了，每到一個港口，我的直覺就會帶我找到當地那間眞正的BAR，有感覺的BAR！」

「他們下午不開門嗎？」

「不只下午午休，晚上也只開到八點呢！」

不會吧！這樣的一間BAR，到底什麼時候才是營業時間呢？

後來還是被我們逮著了一次機會。那是一個周日的清閒早晨。大門開著，門口還擺出一個橡木大酒桶，上頭有兩、三瓶該酒吧自釀的水果酒。這倒有意思。

「嘿，我有一個老是在航海的船長同學說，這BAR是本地最棒的一間哦！」

「是嗎？那進去看看吧。」

那是一個若沒有熟門熟路的帶領，你絕不會想貿然闖進去的地方。可我們就這麼走進去了。

裡頭空間還挺寬敞，一進門沿右手邊是長長厚厚重重的吧台，台邊紅漆斑駁。一字排開人手一杯的客人中，有捲捲褐髮、格子衫鬆軟地捲到手肘處的微胖小伙子；蓄著山羊鬍、個兒瘦瘦小小一條破牛仔褲的中年男人；頭髮梳得整整齊齊，穿著褪了色的陳舊大衣依然不掩優雅氣息的老婦人；一頂鴨舌帽一副吊帶、已喝得漲紅了臉的老先生。

光禿禿的水泥地上沒有畫格子，可是每一個人都像是站在自己專屬的位子一般，自在從容地、就著自己的杯子啜飲自己的滋味兒，在舉起放下酒杯的空檔之間，跟酒保或隔鄰有一搭沒一搭地聊個兩句。

他們好像天生自然的屬於那裡。清雅隨性的空氣中飄散濃濃的獨立氛圍，這和英國酒館裡永遠的熱絡很不一樣。

吧台前方和再往裡頭去的另一塊空間都是坐位，木頭長桌和長板凳頗有台灣鄉土小吃的味道，要不就是一個大酒桶當桌子，周圍擺上幾張凳子。若人多時不夠坐，旁邊還有一整櫃的小板凳靠牆擺著自由取用。

一個超級大酒桶站在一根柱子前，三不五時地有人上前去彎腰在桶子裡捧了滿滿一手的花生，一塊紙牌上寫著「歡迎取用，不准外帶」。從沒見過這麼瀟灑的手法，附贈下酒點心。難道這也是法國式的嗎？

整個空間顯得有點兒空蕩蕩的，高高牆上掛著一張裱了框的巨幅黑白圖片，說明了這酒館的悠久歷史。幾乎可以想像百年前的某個夜、這裡擠滿了靠岸水手們的熱鬧景象。

我們這兩個外人，眞的可以就這樣闖入這片天地嗎？友人殷恩已經毫不猶疑的走向前去、將兩隻手臂交叉給擱在吧台上。

嘿！殷恩，你不會說法文啊！

在英國時早習慣了由他去吧台前搞定一切，我只要坐在位子上等就好。這回恐怕行不通。

「哦、早安！請來兩杯 LEFFE（很棒的比利時啤酒）。」我試著盡量擺出很自然的微笑。酷酷的年輕酒保有點兒疑惑的盯著這兩個顯然是外地人的傢伙看，隨著他的眼光，其他顧客的視線也都移往這邊。「星期天的一大早，來了兩個從沒見過的老外呢！」每個人心裡一定是這麼想的吧。

怪的是，來法國看什麼都不順眼的自負英國佬殷恩，進了這間法國 BAR，卻一反常態地露出滿足的笑容。等啤酒送來時，他已經跟旁邊一人獨飲的老太太聊上了。

「你從威爾斯來的啊？我以前那個死鬼老公也是呢！」

「難怪一口漂亮英文。在那兒待過？」

「甭提囉！那死鬼走了都二十幾年啦！」老太太一手握著玻璃小杯，另一手舉起一只半瓶紅酒量的玻璃壺子，給自己再斟一杯；看樣子，這壺紅酒顯然是她的早餐了。

「喂！威爾斯來的，知道今天下午的比賽吧？（法國對威爾斯的橄欖球賽現場直播）」操著濃濃法國腔英語向這邊喊話的是三公尺外兩個年輕人其中之一。

「那還用說，我特地來法國看轉播哩！今天晚上要好好慶祝一番！」

「什麼？法國一定會贏！」

「威爾斯一定贏！今晚這裡全部的酒我埋單！」

酷酒保和另一頭正忙著跟熟客聊天的老闆娘都笑了。

不管走到天涯海角，英式法式美式德式什麼式的BAR，這種地方，原來總有一套共通的語言啊。

不曉得從哪一個人的哪一句話段落間隔處，突然開始插進了悠揚樂聲。回頭一看，一個衣著樣式高雅但破舊的老先生，坐在進門處一張小板凳上拉起手風琴，輕快中帶點兒悽愴的音符飄盪整個酒吧；不知是誰點了咖啡，酒保煮咖啡的香味也瀰漫開來，法國酒館的早晨，竟充滿咖啡館的味道。

這就是法蘭西的味道了吧！

「喂！這裡也請來一杯咖啡！」

「我要一杯招牌水果酒！」

「你的手大，麻煩再去拿點兒花生吧！」

「好啊。」

問價殺價都還彆腳的螺絲不斷
菜市場的這堂課裡
豐收的滿滿暖意卻充塞心頭
離去的時候
嘴邊一點兒淡淡紅色汁液
是草莓留香——

在菜市場上課

拉荷歐爾的菜市場是個美麗的花花世界！

以前看別人到歐洲旅行所拍的照片，我對各大城小鎮傳統市集中那些花花綠綠的蔬菜水果香料鮮花的興趣，總是遠超過那一座座宏偉壯觀充滿歷史的優美古蹟或者著名建築。當然，在每個市集中那些叫賣著的人們、整理花束的小販、正和舊識閒聊著的菜攤老板、神情認眞地選購水果的老先生、牽著貴賓狗上菜場的優雅婦人，一張張最眞實的生活面孔，最是令人著迷！

而拉荷歐爾的傳統市集，除了上述這些迷人風景應有盡有之外，最大的特色，就是當地每天現撈現捕的各種新鮮海產。這座城在中古世紀時，本來就是從一個小小漁港發跡，如今城中

心美麗的港灣裡雖然只見隻隻帆船遊艇停泊，但大西洋所賜予的源源不斷的豐富海產，可讓西部沿海的漁民們自古以來從沒閒著過。

事實上，擁有長長海岸線的夏宏特（CHARENTE MARITIME）省，正是全法國除了諾曼第之外的第二大生蠔產區；市場內外各家賣新鮮生蠔的攤位，每天都有來自拉荷歐爾近海的白島、奧雷宏島等地各種大小肥瘦尺寸品種不同的鮮蠔，一斤從十三到三十塊法郎不等。也就是說，最少只要花不到新台幣一百元，就可以拎著一袋鮮美生蠔回家大快朵頤！這裡簡直是生蠔愛好者的天堂啊！至於其他那些擺滿了長長走道兩旁、佔據整座市場三分之一面積的各式蝦蟹魚鮮，就更不用說有多麼地叫人雙眼發直、口水直吞了！

還記得在開學第一天下午，由校長馬丁先生領隊的「市區徒步之旅」結束之後，同學們在市中心的巴士總站自行解散。好心的馬丁先生知道我一句法文都不會，深怕我迷路了，特地領我到不遠處的這座菜市場前這麼告訴我，「這就是拉荷歐爾的傳統市場，妳把它當做地標，從市場左轉，沿著甘貝塔路直走，看到一座巨大的荒廢古城門之後再左轉，大約十分鐘就到家了。」他並且還特別補充道：「這個市場，可是很有意思的哦！當妳早晨上學前經過這裡，會看到前面的廣場上擺滿了一個個鮮花蔬果攤；有空的話還可以走進裡面去瞧瞧，那裡面什麼都有呢！」

當時已近黃昏，市場早已收攤，連鐵門都拉上了；外面的小廣場也變爲停車場，停得滿滿的。我不禁開始想像在旭日朝陽中，這兒一片生氣蓬勃的模樣。

馬丁先生並不知道我愛逛菜市場，而當時的我聽到他這番介紹，心裡早就樂壞了！原來，德莉莉的家離菜市場這麼近啊！我決定隔天一早就先來看看，等到不用上課的週末早晨，再來這裡投身蔬果雜貨各家攤檔之間，悠哉消磨一個上午。

所以，當一個星期之後的某一天，老師突然在課堂上提起菜市場時，很多同學都還搞不清楚究竟在哪兒，我可是老早熟門熟路了。

「好，明天早上九點鐘，全班在菜市場前集合——不用來學校！」

什麼？難道要將教室搬到菜市場嗎？

「沒錯。各位明天要在菜市場進行的功課，就是用各位的法文和微笑，向每個攤位的老闆去請教各種貨品的名稱及價格，然後回到課堂上報告。」

哈！不用到學校報到而可以去逛市場！這件事令大家都覺得既興奮又新鮮，一時之間也忘了，以自己那種破爛的法文程度，要如何順利達成任務？反正人多好壯膽嘛！

第二天一早，分配到「生鮮肉品類」這組的亞伯特和我，在互相鼓勵打氣之後，戰戰兢兢地首先來到一個豬肉攤前，身材肥胖的老闆娘正在切火腿。

「BONJOUR！我們是××學校的學生，可以向您請教幾個問題嗎？」好不容易搬出了這一句昨天老師特別抄在黑板上的「開場白」，胖老闆娘露出和善的笑容。

太好了！可是，接下來，好像辭窮了——「唔，哦⋯請問，這個⋯多少錢一斤呢？」這大概是我們唯一講得出來的完整句子了，只好套用這一百零一條公式，指著冷藏櫃裡的每樣東西問同樣的問題。

胖老闆娘當然馬上發現了我們可憐的法文能力。沒想到她不但不以爲意、還耐心一一回答我們的問題，更拿出一大本上面有許多照片及圖文剪貼的檔案夾給我們看，熱情地想爲我們介紹裡面的內容。

原來，這位老闆娘可不光只會賣豬肉而已哦！豬肉攤是她的家族企業，在附近鄉下的養豬場中，她與丈夫全家每天忙著餵豬、殺豬、替母豬接生；並且也在自家工廠裡生產各種豬肉製品。除了在菜市場擺攤零售之外，最主要還是在鄉下農舍推廣這些自家生產、標榜著「新鮮味美絕不含防腐藥劑」的肉製品。而那厚厚一大本檔案，就是養豬場的照片、廣告，以及當地報紙的採訪報導。

我和亞伯特這兩個外國人，站在豬肉攤前一搭一唱的表演著支離破碎的法文，很快就驚動了鄰近其他的攤檔。轉角處一位賣甜點及果醬的年輕小姐跑來加入我們的對話，很熱心地主動用英文爲我們翻譯胖老闆娘檔案夾中的故事。這位小姐流利的英文，竟聽不出什麼法國腔。

「我曾經在倫敦住過呢，在新加坡也待了好幾年哦！可是後來發現，那種緊張忙碌的白領生涯並不適合我啊。還是回到家鄉來，在市場裡擺個小攤子，要自在快活的多呢！」看起來不過三十出頭的小姐，淡妝的臉上容光煥發。「不過，今天難得能有機會跟你們聊天順便溫習英文，眞是太好了，我都已經快忘光了呢！」

「喂！珍尼娜，」說話的是胖老闆娘，「你們嘰哩咕嚕在說什麼聽得我頭都昏了，人家可是特地來這裡學習法文啊，應該要讓他們有多多練習法文的機會才是啊！」

「哈哈，說的也是，眞不好意思。」年輕小姐當場馬上轉回法文，「那麼，要不要也來參觀一下我的攤子呢？有普羅旺斯來的果醬哦…」

那天後來，陸續加入了這場與兩名老外「雞同鴨講」交流會話的，還有一張燦爛笑臉蜜糖似的蜂蜜舖老闆芳索絲、和那位擁有個好漂亮五顏六色水果舖的小鬍子先生。

於是我們倆邊忙著品嚐每一種來自不同花蜜的自製蜂蜜糖，一旁又有鮮嫩欲滴圓圓肥肥幾乎入口即化的歐陸品種小草莓給送上；一肚子的酸酸甜甜，似要漫上嘴邊眼底來…

至於得向老師交代的功課，最後全靠豬肉攤老闆娘給的一張破爛爛的豬肉產品價目表，硬撐過了關。

當我們兜著滿懷各式土產，步出菜市場的時候，太陽已經高高探照頭頂上。手裡的沉甸眞切的很，心窩底一股暖意卻難形容。那些曾看過的異國傳統市集照片集錦裡頭，生動活現地在生活著的人們、濃郁淳樸的氣息、溫暖親切的人情味兒…都在拉荷歇爾的這堂「菜市場課」當中，一一成眞。誰說法國人都高傲排外？誰說法國人都不講英文？

「先入爲主的觀念是最可怕的。」我的同伴，挪威人亞伯特當場發表了他走遍世界的「一句箴」：「只要你敞開心胸、並親切有禮，你會發現這世界上每一個民族、每一個人都是如此可愛！」

我在後來的旅途中，一次又一次地驗證了這段箴言。而當天下午的課堂上，每個人雖然操著一口不知所云的法文，仍然不害臊地急切切想把自己一早在菜市場的種種見聞讓大家知道，一片興高彩烈的討論聲中，忽然更明白了，原來老師出的這項功課，並不僅僅是爲了要讓我們在會話中去認識菜價及品名啊！

以前從沒聽聞法蘭西有座白色小島
騎單車搭巴士坐渡輪
或者乘匹銀馬去
餘輝晚風中的遙遙遠方
你看見自由女神高舉火炬正 say hello 嗎？
漫天雲彩中 我望見的更遠更遠⋯

冬日的白島印象

那是到目前爲止記憶中最冷的一天。一點兒沒錯。

在一年四季日復一日永不停歇地接受大西洋凜冽海風呼嘯的白島上，那個周末，冬陽絢爛、大海寧靜，空氣清麗而冰寒。是我的白島初印象。

白島，原名音似「黑島」，是法國西部最著名的觀光渡假島嶼之一。因著島上居民從中世紀起世傳的製鹽業，而被喚以別名「白島」。車行鄉野間，一大塊一大塊無際的鹽田中，如小山丘般被堆置著的，就是那曾被喚作「白色黃金」的珍貴海鹽啊！

當然，到了今天，製鹽這一行已經賺不了什麼大錢，島上的製鹽產業，也已經從數百年前的全盛時期，變成如今只剩下少數家族依舊守著祖業。

這座島眞的是純白色的，不只因爲一望無際的鹽田。看看那田野間、村鎭裡，一棟棟傳統的白牆紅瓦彩色窗門小屋，在晴空映照下白得雪亮耀眼；港灣內、海面上，一隻隻輕巧的白帆或停或駛，在藍天碧海作爲背景下，更是驕傲地白個徹底。

一大早剛吃完早餐，手裡咖啡還剩幾口，就聽見外頭寧靜的街上好像有車駛近並熄火停下的聲音，踱到二樓窗口探頭一看，停在大門前一輛銀色休旅車上，下來的正是亞伯特。

「嘿，亞伯特！怎麼這麼早就來了？」我趕忙放下咖啡、拎起背包就要往外衝。

「眞不好意思提早來了，希望沒有打擾才好啊！」亞伯特看起來精神奕奕，持續近一周的感冒，似乎果然如他自己所預期，只要能有個陽光普照的周末，自會不藥而癒。「看今早天氣這麼好，咱們不如早些上路吧！也許還能趕上一、兩個小村的周末市集哦！」

島上小小村莊的市集？太正點了！我飛快地跳上亞伯特那匹顯然已上了年紀的「銀馬」去，朝目標「白島」出發。

上了快速道路之後往西走，約莫十分鐘的光景，連接拉荷歇爾城與白島的跨海大橋就出現眼前。整座島在地圖上呈全然的狹長形，最窄處僅容一條道路駛過，兩旁便都是海。算了算，全島縱長近三十公里，一日遊想要走遍，很有困難。亞伯特與我，都是不愛走馬看花的人，於

是路上決定了，今天只走到島上最大的聖馬提港爲止。比較重要的事，是中午一定要找間好館子、來頓最新鮮的白島海產大餐！

我們的車在北面的芙洛特港停下。散布全島的十座小村鎮都是依著港灣發展，面北的芙洛特和聖馬提是其中最具規模者。周六一早的港口清閒得很，下了車第一個感覺，冷！眞是冷啊！難以想像的奇異的冰冷，陽光中各種鮮麗色彩都不能驅除的寒冰！

這般寒冷，明顯地更甚於那種在冰天雪地寒風暴雨中理所當然伴隨而來的冷。它是以一幅春光明媚的假象作爲背景，以看不見的大西洋冬季季風爲輔助，在這座四處無遮攔的平原小島上，凍得人頭腦痲痹、咬牙切齒。

「呼！挺涼的啊！」亞伯特拉拉衣領，轉身入車去拿出帽子戴上。

「亞—伯—特，這不叫『涼』，這叫冰冷吧！」我一開口，發現牙齒在打顫。

「嗯，大約界於零下三度到零度之間。」他如是推斷。「不算很冷啊，在我的家鄉，現在是零下四十度呢！」

呵，我忘了我的同伴來自挪威哪！這一來，出身亞熱帶的我，好像顯得不知道什麼叫眞正的寒冷。於是也不太好意思說出這是我此生中最冷一天的這件事了。

我們首先有志一同地鑽進了就在港邊上一間看起來像廠房的破爛建築物裡，好像很有默契的就是曉得這裡面會有好東西。

濕答答的地上走進去，兩旁幾張大桌子，桌上地下，全是一簍簍剛剛上岸的生蠔。依照品種、大小、肥瘦，堆放在不同角落。三三兩兩走進來的顧客，提著一只只沾滿海水的膠袋離開。

「嘩！太棒了！今天中午我們就是要吃這東西吧！」

「吃完之後，下午回程還可以繞過來看看，若沒關門，買兩斤帶回去當晚餐也不錯啊！至於現在，得進城去看看市集啦！」亞伯特是一個行事很有計劃的人，爲怕延誤了行程，他很有魄力地將還在裡頭目瞪口呆的我給逼出了門外。

我那快給冰風吹麻的小腦袋，在離開港邊進村之後，總算得救了。

這眞是一個在清醒的夢中、安靜明朗的奇幻小村啊！我的眼光流連在小街兩旁一間間屋子粉白的牆上，那一扇扇綠的、黃的、棕的、天藍、深藍、寶藍色的木頭窗門之上只有碧藍無雲一片深沉晴空，突然間，這些單純的色彩，以極大的張力，敲得人心頭一震！當下眼底的一切，就以一種永恆的印象，收編入腦海中，就以「白島，某個冬日」名之吧。

小小市集隱身在一座矮門中，穿過去豁然開朗，從賣小孩兒鞋帽的、到各式各樣包裝簡單的在地土產應有盡有。白島的自產酒，是除了海鹽之外最著名的特產了，亞伯特抱了兩瓶，我則要了兩罐香濃濃的野蜂蜜。

我們的中餐在下一個目的地「聖馬提港」解決。亞伯特行前已向他的房東太太問到了據稱是島上最好、最受當地人青睞的老餐館地址——我說過了，他做事非常有計劃的。隨性慣了的我，也就這麼跟著，排了一刻鐘的隊、又在吧台邊坐了半個鐘點之後，終於在這間饒富氣氛的館子裡，嚐到了第一口白島鮮蠔的滋味！

這第一口身歷其境、貨眞價實的美味，一直到今天，也不因爲之後品嚐了無數來自白島的鮮蠔，而稍有磨滅。

我們的白島初次紀行，就在亞伯特完善的規劃之下，在白島西南面一片寂靜的沙灘上，用華麗的夕陽畫下完美句點。

六十來歲的挪威船長亞伯特，經歷很是傳奇。孫兒已有一雙，苦學精神卻絲毫不減，而在這西法國的法文初級班與我成了同學；已走過見過大半個世界的他，繼法文學習後，接下來的計劃是今夏的非洲蠻荒之旅。和他所結下這場忘年之交的緣，想是我這段旅法生涯裡，一份珍貴難忘的寶藏吧！

那天我們倆坐在午後一片金光耀眼的沙灘前，亞伯特拾起地上枯枝，在細沙上畫下了北海、英吉利海峽、大西洋兩岸、還有好多好多的遠方。我在細細白沙上，分享了他獨自航越大西洋的故事、在英吉利峽灣最窄處遇上暗潮的驚險過程，以及那一趟從挪威家鄉出發到英格蘭南部的精彩旅程。

我抬頭看著身旁的亞伯特，一頭雪亮銀髮下是一張專注堅毅的臉，大海顏色的眼睛裡，可以看見遠方。突然想起了遙遠的家鄉才剛剛過逝的祖父，我那同樣熱愛旅行、嚮往千山萬水的祖父啊！想起了祖父那張線條剛毅的臉，和童年時坐在祖父身邊那些個親密美好的時光。

輕輕抹去眼眶邊的濕潤，我和亞伯特並肩共享這一刻莊嚴靜謐的夕陽西下。潮汐一波波打上沙灘，訴說著宇宙生命的生生不息，我望著天邊的瑰麗雲彩出了神，彷彿看見了一路走來所失去和得到的。原來，人們永遠不會一無所有、生命永遠有去有來；當我們正爲逝去而傷痛時，就在身邊不注意的角落裡，我們所熱烈渴想著的，也許已經由另外的方式被賜予，而得已恆久地延續著。

這是二〇〇〇年來臨之前的元月最後一天，我在大西洋岸一座白色的島上。

學生生活裡，最大要務之一就是交朋友
有人像醇烈的干邑白蘭地，輕嚐一口永遠難忘
而大部分的，則像舊港邊露天咖啡座上一杯十法郎的牛奶咖啡
雖然走到世界各處都有
回到家鄉來也還是習慣把鮮奶倒進黑咖啡裡頭
可是那味道，就是不一樣～～

友情歲月二三事

睿毅是我這趟旅歐生涯中，所遇到唯一一個可以讓我「溫習」中文的對象。

三月天某個一周的開始，冰霜寒涼正逐漸散去，學校湧入新生十數人。照慣例，新生當中一半以上，都是與這所學校同籍的瑞士人。這所由瑞士某大企業所籌辦的國際性語言學校，還特別提供自家學生學費優惠；尤其是靠海的拉荷歇爾分校，更是像磁鐵一般地吸引無數瑞士學生：因爲他們國家沒有海！

所以，當睿毅和另外三兩張僅有的東方新面孔同坐一桌時，我完全認定那是一桌日本人：拉荷歇爾這個小地方的東方學生實在很少，偶爾出現幾個的話，百分之九十九點九都是日本

人；他的那幾個同伴的裝扮，就是最典型的東洋年輕人新潮風格，而且其中兩個女生正在用日文交談呢！比較起來，坐在其中的睿毅是個異數，簡直樸實到了可以稱作不修邊幅的地步；一襲寬大 polo 衫搭配運動夾克長褲、四射如沖天砲般的粗黑短髮完全是從晨早睡枕上直接 copy 呈現；圓圓鼻頭上是厚厚鏡片，一副用功好寶寶模樣。當時互相點頭微笑之後也沒有深談，直到後來和當中的大崎聊上了，睿毅跑來插嘴：「啊！妳是中國人？我也會講一點中文哦！」

「眞的？你在日本學的嗎？」

「什麼？我是新加坡人啊！」難怪他的英文沒有日本腔。「可是我已經很久沒回新加坡了，我在德國唸大學。」

在慕尼黑待了幾年，現在睿毅的德文說的跟母語英文一樣流利。除了家裡從小使用的英文之外，他也聽得懂閩南語——因爲祖父母早年移民自福建。現在又到法國來，準備進軍法文的天地：說到這點，我發現咱們東方學生好像特別有勇氣！包括睿毅和我自己、以及所有我認識的日本同學，剛來時幾乎都是法文半句不通，從基礎班開始苦學的。哪像那些歐洲同學，老早在學校裡就唸了多年法文，報到第一天一開口就可以吐出滿嘴法語。

這麼厲害又勇敢的睿毅，唯一的問題就是，自認是華人子弟的他，華文卻講得不怎麼順暢！

「我一直想把華文學好，在新加坡上中學時我就參加普通華文班，」他的『華文』還眞有點怪腔怪調，「我靠努力苦讀進了高級華文班，可是那位高級班的教授卻不喜歡我，認爲我的程度不夠格進他的班。有一回，全班每人要交一篇詩作，我之前沒有讀過什麼詩，根本不知道怎麼寫；教授批改完之後，當著全班面前說：『咱們高級班裡居然有個英國人！這人寫了一篇看起來是華文實際上根本是英文的東西，完全沒有文字素養。這樣的東西我沒辦法給分數。』那個人，就是我。」

這件事著實讓睿毅傷心了好一陣子。隨著後來去了德國，也就漸漸放下華文，專心德文了。

「沒關係，」我安慰他，「有空的話，也許我可以教你一點哦！我以前喜歡讀詩，而且在學校作文課都拿最高分哩！」

這麼自吹自擂的實在很厚臉皮。不過坦白說，這可是我幾個月來第一次有機會跟人面對面說中文，感覺還眞有點不習慣呢！

雖然很喜愛身在異鄉結交各種不同文化背景、不同種族語言的友人們，但睿毅這個同文同種的朋友，如此難得地出現，仍是令人倍覺親切。後來我和睿毅兩個，有事沒事就來上幾句中文會話，若是大夥兒的談話中出現了用英文解釋不清、法文更沒辦法的情況，我們倆只要隔桌嘰哩咕嚕幾句就搞定了。這每每令得其他友人大感興趣，還會跟著模仿起中文的四聲發音呢！也算盡了點國民外交的義務了吧。

可是，有天卻發生了這麼件烏龍事。那天大家正在聊著各國的奇珍異食，「嘿！你們知道嗎，新加坡人吃一種比貓狗大、但比驢馬小的獸類，那種動物有長長的鼻子、專吃螞蟻呢！」睿毅說，「可是我只會說牠的英文名稱，法文德文中文我通通不知道。」英文都並不眞的很強的大夥兒，對這個動物專有名詞，顯然一頭霧水了。

「那妳知不知道牠的中文名稱呢？」睿毅問我。我雖然從沒見過這種動物，不過從他的形容中，應該可以確定那就是食蟻獸沒錯。

哪曉得，睿毅聽了我的回答後卻顯得相當不解：「我知道啊，可是到底怎麼稱呼這種獸類呢？」

「就叫『食蟻獸』啊！」我自認我的『華文』相當標準。

「我知道牠『是野獸』，可是叫什麼名字呢？」

我當場忍不住狂笑了起來，再也顧不得同桌友人及睿毅的疑惑眼神。後來也忘了問他，到底新加坡人是怎麼吃食蟻獸的呢？

來聊聊我那些瑞士德語區的朋友們吧！

德語區是瑞士四個不同語言區當中最大的一區了，西從伯恩東到蘇黎士，整個中部以北的瑞士幾乎都講的是瑞士德語，這也是令使用德語的瑞士人最感自豪的一點！

別看這山明水秀小小一個國家，地域觀念可是挺濃的哩！來自德語區和法語區的人，在言談間就會把他我關係給分得一清二楚；更別說眞正的「德文」和所謂的「瑞士德文」之間，還編有厚厚一本專門字典做翻譯呢！

而當然，法語區的人不需要再花錢來法國學法文，所以，我在拉荷歇爾所結識的「老瑞」朋友，清一色來自德語區——爲什麼沒有義大利區或羅馬尼亞語區的？我不知道。因爲眞的一個都沒有，所以我一個都不認識。愈知世界之廣大自己之渺小，就愈不敢對不確知的事妄下斷語。

我在法國的第一個「老瑞」朋友，就是我的室友桑塔。她從巴黎飛抵此地的那一天，也是我剛來德家報到的頭一天。德莉莉和我，這無言以對的一老一小，來到機場接桑塔，正滿心期盼地認爲她理所當然一定能通英文，如此我們就有了現成翻譯了。

沒想到，結果令我們大失所望，最後我還是得自立自強苦讀啊！但初期的語言不通，完全無損於我和桑塔之間友誼的建立；個兒嬌小、善體人意，永遠面帶甜甜笑容的桑塔，很清楚我那時「悽慘」的零蛋程度法文，每每下課休息時在校園裡碰到，她總是關切的一句「ca va？（還好嗎）」——若要再講得多，我也聽不懂。但這份友善的關懷之情，已經完整地傳遞在短短兩個清甜的音節當中。

桑塔很快地就在學校裡找到了兩個和她氣質相仿、同樣來自瑞士家鄉的女朋友——朵黑絲和葛海娜。她們倆和桑塔不同的是，兩人都身型修長；而相同的是，在那份高生活水準的高山國家人民特有的優雅沉靜氣息之外，她們有更多的笑容、更多的親和力。尤其是一頭捲髮的朵黑絲，天生往上揚的嬌俏嘴角，跟她在一起永遠都是微笑的好心情！

很幸運地遇見了這些好朋友。她們雖然有了親密的小圈子，卻一點兒不排外，桑塔總是熱情地要我一塊兒去壓馬路、看電影、去郊遊、泡PUB，並且她們還費了好一番功夫，才讓我記住了朵、葛兩人有點兒繞舌的名字發音。大家都是愛湊熱鬧的年輕人，很快地，一同出遊的小圈圈越滾越大，不出多久，我們幾乎已經可以叫出全校三分之二以上的名字。

之前在英格蘭一季的英語課程中，認識了不少來自瑞士法語區的同學，留給我「瑞士人極盡雍容優雅」之感。印象中，這些講法國話的瑞士人，比法國人更法蘭西，即使在夜晚的PUB裡歌舞昇華之中，他們也

不會懈下全部武裝、盡情縱樂。而只是夾著隻煙，依舊用雍容萬分的姿態，斜倚桌面。他們不喝醉，永遠不失態。

當然，來了法蘭西之後，我發現到，眞正的法國人也不全是這個樣的。而心底對「瑞士人」已經產生的這種既定印象，更是被這批瑞士德語區的友人們給完全粉碎！

第一次見識到這批人的「瘋」，是有天夜裡在拉城年輕學生們的固定聚會場所——名爲「le FOC」的PUB中，已過了午夜，人潮越來越多、氣氛越來越「HIGH」！我們這一大桌還算文靜，卻在我無意間提起了中國人的「乾杯」文化時，大家起了興趣。

每個人興致高昂地舉杯洋腔洋調「乾杯」一聲，嘩地一口飲盡杯中物。這種痛快的感覺好像平常不常有啊，再來一杯吧！

丹尼爾起身離座，一會兒抱回兩瓶白酒、及玻璃小杯數只。

「來吧！咱們再來『乾杯』吧！」

什麼？用白酒乾杯？忘了跟他說中國人不拿葡萄酒來『乾』的。不過，反正大家盡興嘛，至於規則，就別管那麼多了吧！

哪曉得這一「乾」，乾上了大夥兒的癮，大概就在我們「乾」到第四瓶還是第五瓶的時候，素來形象瀟灑的帥哥丹尼爾首先跳上了桌子，跟著音響裡正傳來的「香謝麗舍大道」高歌一曲，嘿！好傢伙，歌喉還不賴哩！

「呀呼！安可！」這時大家肚子裡都已經灌了差不多近十杯滿滿的白酒，釀酒的要是看到有人拿葡萄酒這樣來「乾」，鐵定心疼得要死。忽然一轉頭，桑塔等人已跳下椅子，肩搭肩地圍了個大圓圈，空氣裡正充滿著的是震耳欲聾的南美森巴節奏，一堆人飛快地轉著圈圈，「呀呼！我們是瑞士德語區，萬歲！」

「嘉寶，來呀！」桑塔一隻手飛過來一把把我給抓進去，「今晚妳也是瑞士人！呀呼——」。

好呀！瑞士人身上特有的那種帶點兒距離感的冷靜拘謹，此刻已被他們給「轉」到不曉得飛哪兒去了，我樂當一夜這樣不太「瑞士」的瑞士人。

那晚最後的結果是，我們這一圈「人環」，在當時現場越來越擁擠、空間越來越狹小的情況下，給半擠半飛的、神志不太清楚地，跌跌撞撞衝進了就在一旁開放式的廁所，在洗手台前倒了一地。

「嘿！你們昨晚在廁所裡跳舞跳得不錯喲！」這是第二天到學校所有人迎面而來的第一句問候話。

這一段，後來當我們坐在伯恩附近鄉下小鎮的桑塔父母親家中，與她全家一起品嚐桑媽媽的可口草莓塔時，沒有再提起。

桑塔的家在一個迷你小小鎮，早上走出門外，整個空氣裡充滿牛糞和青草的味道，我們開車穿過蜿蜒小路，來到鎮上桑家爸媽所開的乳酪食品雜貨店，親切和善的兩個長輩給塞了滿懷的新鮮乳酪和瑞士巧克力，我們行在一片碧綠山丘平野間，車子裡濃濃化不開的「瑞士味兒」。後來，每當我想起來自這個美麗國度的好朋友們時，這股氣味兒就從記憶中跑了出來。

米高是一個非常特別的朋友。或許應該說，這段短短的友誼，對我們彼此都相當特別吧！第一回和他交談，不是在校園裡。我記得清楚，是在城裡大教堂廣場旁雜貨店的郵筒前面。

那是我在法國的第一周，連郵筒上哪一邊投國際郵件都看不懂。米高走過來的時候，我正站在那兒查字典。

「嗨！寄信回家啊？日本？中國？穿著黑色大衣的高大身影阻住了光線，一抬頭，只見一張誠摯溫暖的笑臉。

「我家在台灣呢。這是要寄給我男朋友的，他在英國。你知道該投哪一邊嗎？」

「噢。」他輕輕回應了一聲。堆了滿臉的燦爛笑意似有稍退，但熱誠的態度依舊。

我們很自然地聊了開來，這個巴西來的大男孩兒，帶給人熱帶陽光般暖洋洋的舒適感覺。

「進去過那裡嗎？」當我問他接下來要上哪兒去的時候，他手指斜對面的大教堂這麼問。

「沒有。」我說。

「想不想進去看看呢？」於是我們越過廣場，走上這座拉荷歐爾城裡最大的主教堂前的階梯。

「我每天下午放了學都要來禱告，」米高為我輕推開教堂油漆斑駁的沉重木門，裡頭一陣寒涼濕意襲來。「生為虔誠的天主教徒，每到一處我就要先找教堂；不論在天涯海角，聖壇前面是我永遠的心靈避風港。妳信主嗎？」

「哦，是啊，我們家信。不過，沒那麼虔誠。」回想起來之前最後一次上教堂，好像還是孩提時代的事呢！而且，小孩子哪裡管什麼信仰，在乎的是星期天主日學之後發糖果點心的儀式啊。

那天之後，在學校裡當然常常遇見米高。他似乎永遠一襲簡單深色裝扮，濃濃黑髮高大的個兒，嘴角掛著天生的暖暖笑意。

如果要給人歸類，我會說米高是冬天的豔陽。因為，在他那股與生俱來暖若陽光的親切氣息當中，卻同時透露出一種寒冬枯枝般的深刻沉靜。我們的友情，從來沒有建立在吃喝玩樂或是說笑逗趣上頭，事實上，我們的交流並不頻繁，沒有刻意的安排，但是，每一次短暫的接觸，都彷彿觸到了彼此的心靈。這很難加以解釋，只覺得，在彼此間話並不多的聊天傾談當中，每一字每一句，都是對方最了解的語言、毫不費力就滑進了對方的心底，得到同理的感受。

後來發現，我們倆竟然是同年同星座，生日也只差了五天呢。這大概是我們之所以會如此投契的唯一解釋了吧！

「哈！難怪！」我說。「難怪！」他也說。難怪什麼呢？就不必多說了。

過了沒幾天，我匆匆趕著飛回台北去看病危中的祖父最後一面，走得匆忙，也沒時間一一和朋友們交代。

再回到學校，簡短地應付了班上老師同學們的關切之意，這件事也就似乎打住。又不是什麼開心有趣的事，禮貌性的問候之後，誰又有興趣眞的去關心人家的家事呢？

第一節下課出來，老遠看見米高站在中庭，我向他揮揮手，他大步大步直走到跟前來。

「我聽說妳家裡有事，飛回家鄉去了。怎麼了？還好嗎？」這個時候這位好友的關懷，特別令人感到溫暖寬慰。

「是我祖父。」心情已經平靜。臉上雖然微笑著，可是大概遮掩不住連日來的疲憊。「他上天堂去了。走的時候全家都在床邊陪著。其實我應該爲他高興才對，他太老了，身體已經不能用，現在上天堂去，也許還快活得多呢！」

「噢！我眞遺憾！」我的好朋友，用他厚實有力的臂膀緊緊擁住我，不多說什麼，但這個長長擁抱中所傳遞的溫暖，更甚於其他任何的安慰。

「妳說的對，」米高鬆開了手，但依然扶著我的肩膀。「妳的祖父一定已經在天堂了！可以告訴我他的名字嗎？」

「爲什麼？」

「我想爲妳的祖父禱告，把他加入我祈禱的名單當中，」米高的神情相當嚴肅認眞。「我要每天爲他祈求，在天主的看顧下，得到永遠的平靜與喜樂。」

米高啊米高，我才眞是那應該虔誠祈禱感謝上蒼的人啊！人的一生中，相識來來去去消逝如流水，能夠巧遇一個不需多言的心靈之交，難道不應該千謝萬謝嗎？

在那之後，我也漸漸養成了幾乎天天都要上教堂去坐一會兒的習慣。以前從來沒想到要做的事，卻在這千里外的他鄉熱誠了起來。這條米高所牽的線，的的確確拉近了我和自己內心的距離。每一個午後，推開那第一扇沉緩木門，在門與門間完全黑暗的小空間裡，洗淨心頭上所有的塵雜繁擾，然後推開第二道門，一股靜謐的力量正在挑高寬闊的古老空間裡頭等著。

光是靜靜坐在空無一人的大禮拜堂，就能感到心中安詳自在。天氣好的午後，有陽光穿透高處大片的窗，直直灑落聖壇前，明朗的光亮中，有時依稀彷佛見祖父正緩緩走來，和藹的笑容裡滿是愛意。

拉荷歐爾的大教堂，在那段日子裡，著實撫慰安寧了一個遊子的心。

一個星期天的早上，從菜市場走出來，又自然地往不遠處大教堂的方向去。推門入內，發現周日的彌撒正在進行。禮拜堂坐滿了人，我走到最後頭靠近入口處一排木欄前靜靜站著，和身旁的人一樣，用雙手交合放在欄上的方式，加入禱告。

這時堂內所有人都依神父的引導而站了起來，低頭默禱。我突然看見一個黑色的高大身影，獨自跪在座位旁的走道上，雙手合十，靜靜地垂著頭。一直到大家都已回位就坐，他仍然一動不動，像一尊雕像似地在聖壇的正前方靜止。

那眞是一幅神聖的畫面！我望著他寬闊的肩頭凝住了神，那堅毅的背影，彷彿長跪天地之間，在沉默中熱切地訴說著渴求與懺悔。

我的朋友啊，你在祈求些什麼呢？在你那長長的祈禱名單中，有沒有自己呢？

我的名單裡，這一世都不會漏了你。

早春

我趁著春假，南遊西班牙，
再回來，發現這兒已是一片春暖花開

這個星期德家最大的盛事，
就是復活節的晚餐！復活節過後，
春天才算眞正來臨。

親愛的大家：

趁著放春假，南下遊了一趟西班牙，再回來，發現我們這兒已是一片春暖花開、朝氣蓬勃的景象。此地季節變換很明顯，不像台灣渾沌不明。立春之後，家家户户包括德家在內，大家都開始為整頓花園而忙錄。德莉莉連著開車去了好幾趟城外一家大型園藝場，搬回各式植物，其中包括一株比我還高的尖葉樹，已經給植在花園裡頭。她也雇請了此地「花園景觀設計公司」的人來做整體設計，該公司一位和善的先生，最近幾乎天天都一大早就來家裡，與德莉莉兩人在花園裡七嘴八舌的討論；有時候隔壁鄰居太太也加入意見，每天晨早門前花園就像菜市場開市一般，好不熱鬧！

鄰居院內種有一株不知是梅樹還是櫻花、杏花，純白的小花現在開滿了一整樹，還伸到我們這邊來，我每天一打開窗就對著這點點小白花。看起來明明是梅花，卻不知為何這時節才開。梅花不應該在寒冬綻放才對嗎？

忙花園的工作之外，這個星期德家最大的盛事，就是復活節的晚餐！復活節過後，春天才算真正來臨。你們相信嗎？當天晚上，德家所有遠的近的親朋好友加上我們一共十七人，將要給塞進德莉莉小小的起居間裡共進晚餐！經過了多日苦思，德莉莉今天終於宣佈，她決定要做一道名叫「庫司庫司」的北非菜餚來填飽大家肚子。這道摩洛哥人的名菜，需要使用大量蔬菜大塊肉，還有那種米黃色珍珠碎粒般的小米，可以分別大鍋熬煮大量製作，德莉莉說，最適合這種人多的場合了。還有也最適合她這個少一根筋的迷糊廚娘。

她住在南部大城吐魯斯的堂妹一家三口，明天就要開車北上來這兒了；陸陸續續來自東南西北的各方親友們，肯定把這小房子給攪得整星期熱鬧鬧暖烘烘！

現在對我來說，德莉莉女士的房子，就好像家一樣，是一個我在旅途中真心渴望回去的地方。這趟勞頓的西班牙之旅一個星期下來，這種「有家可回」的美好感覺，更強烈了。在漫漫旅途中，喜歡偶爾去想起我那舒適的房間、和親切淳樸的德莉莉與德媽媽，想到在十餘個小時搖擺晃盪的路途之後，有那麼一個地方，有人在等我回去；更重要的是，我竟真心想念著拉荷歇爾！

當我在旅程中拍照，心裡邊念著等回來後要送到城裡固定沖洗的那家店，兩個笑容可掬的女店員會依舊在那兒；我在旅程中吃飯，老覺得還是拉荷歇爾的小餐館味美地道價錢又合理；我在巴塞隆納著名的休憩碼頭上看到隻隻遊艇停泊，發現原來拉荷歇爾的老港風情還更美。這種感覺很奇特，好像是第一次，對一個地方產生了如此鮮明的認同感。而這份愛戀，每每在從外地踏上歸途，重又步出拉荷歇爾歷史悠久造型古典的老火車站，再次見到熟悉的街頭港灣時，昇華到頂點！

當然，世界上還有很多地方也很好，是因為我有機會在這裡待上一段時日，才能夠對她認識更深、投注更多。若只是匆匆數日遊，即使再怎麼怡人的環境，也無法叫人產生歸屬感的。

之前總一心想著，遠離台灣出去旅行，四海遨遊，多美好啊！但越來越體會到，四處流浪旅行、其實好累的。原來跑了大半個地球，一處換一處，內心深處其實只想找一個家、一個真心喜愛的地方，定下來安居樂業，這就是此生最大的心願了。聽起來很簡單，但那個家到底在哪裡？不曉得還要經過多少的流浪摸索才能找到。

也許就因為這種想要安靜下來過一段日子、即使只是短暫也好的心情十分強烈，所以才會不論如何也不想按照原訂計畫，轉往瑞士的分校去繼續就讀，而硬是非要待在拉荷歇爾。其實，搞不好瑞士的環境更舒服迷人，但我實在不想再收拾所有家當、拉著大皮箱，離開一個才剛開始感覺安定的地方，再前往他處了。

我要留在這裡過春天。也願大家春天快樂！

Love　嘉寶　27/03/99

我的春天在遠方
她的春天在辛勤灌溉的小花園裡
一片五彩繽紛中
還有誰的春天正綻放心底
你的春天呢？又在哪兒呢？

尋找德莉莉的春天

這天放學回家，德莉莉興沖沖地拿出一份報紙，翻到通通劃成一小格一小格的那一版，湊到我面前：「妳看妳看，今天下午我跟鄰居甘邑太太已經研究好久了，這個六十歲喜歡看戲的、跟六十六歲住在鄰村的，哪一個比較適合我？」

到底是什麼跟什麼？我拿過報紙來瞧個仔細，哈！原來是一份當地小報上的「尋找第二春」徵友啓事哩！

「妳，妳要徵友啊？」怎麼從沒聽說過她有此好？

「嘿嘿！」德莉莉興奮的神色中攙雜著一絲快樂的羞澀，「我也沒想過，是甘邑太太一直慫恿我，反正只是交個朋友嘛，不也挺有意思嗎？」

於是當天晚餐後，我們又拿出那份徵友啓事，把它攤平在桌上，就著起司與甜點，很愼重的開起「三人會議」，大家針對報上各候選人的資料，進行一番分析與討論——畢竟，這可是事關德莉莉第二春的幸福啊！

「好！明天我就來寫信給這兩位先生！」兩位最後終於「幸運出線」的男士，一個說是今年剛退休，想找個志同道合的伴兒一塊兒雲遊四海去；另一個喜歡種花寫作、跟德莉莉的興趣有志一同，就不曉得誰才是有緣人了。

「嘿！我有漂亮又浪漫的信封信紙哦！」桑塔自告奮勇熱情贊助。

「我提供郵票。是郵局剛發行的情人節紀念票，心型的哦！」我們這兩個熱心的雞婆，自動自發替德莉莉備妥了全套配備，就等著她親筆寫下文情並茂的「情書」了！

第二天放學回家，在花園裡的德莉莉，老遠看到我，還沒等我進門，她就邊跑向前邊扯直了大嗓門兒：「慘了慘了！我寫錯電話號碼了怎麼辦？」

天哪！連自己家的電話號碼都會少寫一碼，還幸虧她事後發現了，否則豈不是要傻傻地坐在電話旁等無人、還以爲對方沒回音？

「這樣吧！明天一早我再去一封信！」沒想到德莉莉對這事還頗認眞的呢！

過了一天、兩天、三天，就在第四天的晚上，正當我們的三人晚餐進行到一半時，電話響了。

「啊！電話！」德莉莉臉上的表情突然定格，整個人也定在椅子上一動不動。

「一定是找妳的，快去接啊！」我跟桑塔兩個急得要命。

「不行不行，我不行啦！妳們、妳們去接，如果是找我的話，請他留下姓名，我再打給他，我現在不行啦！」天曉得！這個德莉莉，害起臊來居然還鬧彆扭！

「說我不在家哦！一定要叫他留下姓名哦！」就在桑塔無奈地起身去接電話時，德莉莉還拼命不停的叮嚀。

「哈囉！這裡是德家，請問找那一位？德莉莉女士嗎?她現在不在家，請問您是…哦，菲利普先生…」

就在這時，原本害臊得躲到廚房去的德莉莉，突然大笑著跑了過來，一邊叫著：「我回來了、我回來了，我突然回來了!」一邊笑得差點兒岔了氣。

這到底是怎麼一回事?我跟桑塔已經完全迷惑。

「哈哈哈!是我的小堂甥菲利普啊!」德莉莉搶過電話，「喂，喂，菲利普嗎?哈哈哈!我們還以爲是我未婚夫打來的哩!害我緊張死啦!」

這會兒她又不害臊了。連「未婚夫」都搬出來了!

好了，虛驚一場。把菲利普也給嚇了一大跳。大家於是再度坐定餐桌前，繼續未完的晚餐。

鈴鈴鈴!電話又響了。

「這回一定是!桑塔桑塔，拜託啦!」

「哈囉，這裡是德家，請問找哪一位?」可憐的桑塔又被逼去接電話。「什麼?『魚』先生?找德莉莉女士?好的，我會轉告她，是的，我會告訴她說您已經收到她的信了…」

「耶!打來囉!」桑塔好像比德莉莉還興奮，「說是不論多晚都要請妳回個電，人家挺有誠意的哩!」

卻不料德莉莉這廂，拿著寫了對方姓名電話的那張小紙片，左看右看，「P-O-I-S-S-O-N，他眞的姓 POISSON（魚）？」「對啊，他是這麼說的啊！」「啊哈哈哈……哈…他居然姓『魚』，這實在太好笑了，我要打電話告訴菲利普！哈哈哈…」

可憐的這位魚先生，無辜地因爲自己的姓氏而被大笑了一頓都還不知道。

我和桑塔猜想，德莉莉的靦腆，也許是因爲不好意思當著我們面跟電話裡的陌生男士閒話家常暢所欲言吧，所以我倆後來就很識趣的早早告辭上樓去了。隔天一早據桑塔說（她的房間正好在德莉莉起居室上方），昨天夜裡德莉莉似乎跟那位「魚」先生聊得挺開心哩！

「什麼『魚』先生，」春風滿面走過來的正是德莉莉，「搞錯了啦，人家是姓 B-O-I-S-S-O-N，是 B，不是 P 啦！」

「他姓 BOISSON（飲料）？」

「沒錯！就是飲料先生！還是一樣很好笑！哈哈哈哈…」德莉莉開始邊拍桌子邊跺腳，她每次狂笑到無法克制時就是這副德性。

「那妳要是跟他結婚的話，豈不就變成『飲料太太』了嗎？」我們終於再也忍不住了，三個人誇張驚人的恐怖笑聲，就這麼劃破了寂靜的清晨，隨著空氣遠播到鄰里之間。

這件事的後續發展，在另一位姓氏較正常的男士來電之後，變得有點兒複雜了起來。

經過分別和兩位男士的談話，德莉莉不知爲何較傾心於第二位男士；怪的是，此君在來電一次，並告知德莉莉說她是他所收到的十五封來信中，最先、且最想回覆的一個之後，就再也音訊全無。還害得德莉莉樂上好一陣子，並且天天企盼對方的消息呢！

反倒是飲料先生，不間斷地持續熱情來電，還已經提出邀約，表示要請德莉莉外出晚餐。德莉莉的反應是：死也不肯！

「爲什麼呢？只是見見面吃個飯而已麼！」「搞不好人家長得一表人才呢！」「而且你們電話裡聊得挺來勁兒，見了面才有感情升級的機會呀！」「是啊是啊，妳不用擔心我們的晚餐，我們可以自己出去覓食。」「嘿，要不然妳約他來家裡晚餐嘛，我們會自動迴避的！」

如此千方百計的想勸她去約會、又給她出點子，仍舊徒勞無功。

想是「近情情怯」吧！後來德莉莉還是老指著周日早上烹飪節目中那位留著灰白鬍子的大廚、告訴我們那就是她心目中白馬王子的典型；她也還是很關心她早已「暗戀」許久的馬丁校長的近況。但或許，對已經走過大半輩子的德莉莉來說，現在的她，多找幾個輕輕鬆鬆聊得來的朋友，比再去陷入一段可能的「春天」當中，要來的安心穩當多了吧！

至於飲料先生嘛，這幾年才出現的「網友」這個名詞，指的是天天透過網路天南地北什麼家常話內心事都能聊，但不知道對方長什麼樣子的交友方式，套用同樣的定義，我想，德莉莉與這位飲料先生，到後來，應該可以算是非常親近的「電話友」了吧！

德莉莉尋訪第二春的這件事，就這麼在折騰了老半天之後漸漸冷卻；而眞正的春，卻在不知不覺中、悄悄地降臨大地，帶來了漫天漫地的暖意和欣欣向榮的色彩。

「春天來囉！要忙的事可多著呢！」聽她在外頭嚷嚷著，「我要好好把我的花園整理整理，明天一早就去花市買花回來種，還有那矮牆也該請人來翻修了⋯⋯這個春天可有的忙囉！管他什麼『未婚夫』？等我忙完了再說吧⋯⋯」

生在這麼個精彩的地球村中
距離不過咫尺之遙
想家的時候，誰說親情不能限時快遞？
說不定，連愛情友情也一併打包呢！

子彈列車快遞親情

打從三月初某個禮拜頭一天起，我的瑞士室友桑塔，就好像給上了發條一樣，整個人明顯地雀躍快活起來，春風滿面恰似園裡初開的枝芽般神采奕奕，臉上笑意從早餐桌上見面起一直到用過晚餐互道晚安、都不曾稍有停歇；這個情形，其實一點兒都不懸疑，即使她沒有明說，包括德莉莉和我、以及所有學校裡的好友們都曉得原因——桑塔的男友及她妹妹，兩人將於周末連袂前來探訪，一解她的相思之苦！

已經快兩個月沒見著家人情人了，而且大家在異鄉齊聚，那感覺就是不一樣！眞令人興奮期待極了！

幸福的桑塔，來法國研習法文的短短三個月，探親團一批批由瑞士經巴黎再轉直達ＴＧＶ列車來此看望她。與男友共渡一個甜蜜的周末假期之後，緊接著還有另一項來自家鄉的大禮即將送抵——那就是溫暖的友情，以及親切的故鄉美味！

「下禮拜我的兩個好友來探望，若可以的話，我們想借用家裡的廚房，做一餐道地的瑞士起司火鍋與大家分享！」這天桑塔向德莉莉提出了如是請求。

這一回要來的，是她學生時代的兩個同窗死黨。原來，桑塔的媽媽擔心她思念家鄉滋味，特地準備了愛美達爾及庫耶爾這兩種專做起司火鍋的瑞士起司，央請她的好友爲她帶來，還可順便藉著這道傳統美食，做做國民外交。

於是從這天一早，家裡便陷入一股期待大餐的熱烈氣氛當中。

「還有沒有什麼需要準備的呢？」桑塔正要出門去車站接朋友時，德莉莉這麼問到。

「嗯，有法國麵包、有馬鈴薯，還缺什麼呢？」桑塔歪著頭想了半天。「啊！對了！這一樣很重要——紅茶！」

紅茶？與起司火鍋？爲什麼呢？總之桑塔神情嚴肅的表示這樣東西絕不可缺，於是德莉莉與我兩人又專程去超市買了茶包回來，並且拿出前兩天跟鄰居借來的瑞士火鍋專用餐具。一切準備就序。

在滿屋子撲鼻的起司香味兒中，火鍋終於上桌了！叉起一塊塊切成小方塊的麵包與馬鈴

著，在鍋子裡輕巧地翻滾一圈，裹滿了金黃色香香濃濃的軟軟起司，趁著它還沒滴落桌面，趕緊接到自己盤子上方，迫不及待地吹散熱氣，享受濃厚香醇的融化起司中攙著芳香白酒氣息的飽滿滋味……

這道作法吃法都單純俐落的瑞士佳餚，爲什麼會聞名世界？以前我在台北的所謂歐式餐廳裡，曾經邊吃邊感覺疑惑；而就在這晚德莉莉家的餐桌上，與這群來自瑞士的朋友們、一塊兒品嚐了它最道地的眞實滋味後，我的舌尖毫不猶豫的給了一個明確的答案。

至於餐桌上的紅茶，大概就在吃到第七或第八塊包著兩種濃濃起司的麵包時，也終於感受到它在這裡的必要性了。

「起司火鍋固然是美味，而且能在冰雪嚴寒的季節裡讓人體內溫暖，但不論如何，對腸胃其實是很大的負擔啊！」桑塔頗具專業架勢的爲我們進行解說，「用茶來做爲進餐飲料，邊吃邊喝，熱茶能夠幫助消化，直接就充淡了濃稠起司對腸胃所造成的負荷，也省得享用完起司大餐後還有不必要的後遺症發生。這點雖是小節，卻萬萬不能掉以輕心啊！」

有道理！餐桌上的我，彷彿可以聽見正被香噴噴起司給急速膨脹擠壓的胃，已經在向自己要求一口熱茶了呢！喝茶助消化的這回事，咱們中國人是最清楚的了。

「除了熱茶之外，來點白酒佐餐也是很棒的哦！」桑塔的好友伊娃說，「就是千萬別拿啤酒配起司火鍋！」

邊吃起司火鍋邊喝啤酒到底會怎麼樣呢？這件事的危險性不容小覷。

「我老爸一個舊識，也不知是上了年紀老糊塗還是怎麼地，有一天居然吃起司鍋又喝啤酒，過沒兩個小時就給緊急送進了醫院，整個腸子差點兒沒撐爆！要是當時一口大氣喘不過來，他就進了鬼門關啦！」這個眞實故事，是後來另一個瑞士同學葛海娜的父親告訴我的。

葛海娜的父母來拜訪拉荷歇爾，是又過了大約兩周以後。在這兒唸書眞有意思，每個人的親朋好友像約好了似地，一批接著一批輪流前來探訪；一群朋友中幾乎每星期都有人輪到接待親友，然後大夥兒相約共餐或出遊，結果桑塔的妹妹與她同班同學何朗一見如故，約了下回再聚；我與葛海娜和善且頗具國際觀的雙親暢談台海局勢、以及關於瑞士滿街的「MADE IN TAIWAN」輸出品；大家都結識了不只是校園裡的朋友，無形之中，好像從這些異國友人的親朋好友身上，對別人的國家文化、對這個廣大的世界，又有了更遼闊的認識。

葛海娜送走父母之後，緊接著又要迎來朝思暮想著的男友；何朗的父母親也準備從德國開車南下來看他；一天下午我走在街上，竟遇見了平日瀟灑不羈的大頑童丹尼爾，像個乖巧害羞的男孩般、伴著專程遠道來探望他的一大家子。

除了這些家在歐陸的同學之外，聽說睿毅的家人也要遠從新加坡飛來，與他共渡兩周的法國假期；而最令人期待的，莫過於我的老爸，也因爲赴歐洽公的關係，將要親自爲我攜來家鄉的溫暖哩！

世界是個地球村，就在打開一顆心去擴展友誼視野的同時，越來越能看清這座龐然大村的深遠無疆、並且歡喜地去發現當中各種細微。也許是村內某戶人家牆角的一株亮眼小花、也許是對街新搬來的奇人一個，也許是神奇美味的瑞士火鍋的做法和吃法！因爲這座圓形的村太大太大，這場發現之旅，只要願意睜開眼睛邁開腳步，就永遠沒有結束的一天。

我們都來自不同洲不同大洋，因著渴望走出自己圈圈、樂於看看外頭世界的這項共同點，而給子彈列車一一載來了這個異域。各路人馬在此齊集一方，連親朋好友也來參上一腳，這段客居的歲月，眞是被我們給攪得熱鬧的不得了啊！

藍有多藍
白有多白
全然地置身其間
就看得最清澈——

乘風破浪去航海

這早就是心中長久以來的嚮往了！揚帆踏浪、在觸目所及只有藍天碧海雪白船帆的單純世界中，聽風的呼喊、看濤的舞動！

搭船出海的經驗數也數不清，但是「航海」，眞正地揚起船帆去航海，可還是二十五年來頭一遭啊！

三月天，陸地上已經可以嗅到一丁點兒似有若無的早春味道，可是在大西洋的擁抱中，即使豔陽毫不吝惜地在碧波灑下金光點點，那四面八方呼嘯而來永不停歇的冰冷海風，還是直凍得人神經僵硬。

我們有點兒低估了海面上的寒意。即使如此，全員照樣擠在甲板上，試著以陶醉的神情姿態，來對抗那從衣領、從袖口、從腰際、從褲腳不斷鑽進來的寒涼。沒有人願意躲進舒適的船艙內去避風。也許，「航海」這件事本身所帶來的振奮感覺，早就令我們這群海上的土包子，忘情地將冰冷寒風也給歸納進這趟偉大旅程的必要一部份了吧！

經過多時的策劃，卻因爲天候不穩而一延再延的這趟航海之旅，總算在這天成行。桑塔、葛海娜、朵黑絲、西蒙、丹尼爾、羅賓，陣容堅強的瑞士團隊；何朗及多妮亞來自德國；北美及南美各有代表一名——分別是美國人亞歷士及巴西來的彼得；我呢，成了唯一的亞洲代表。這隻聯合國水兵部隊，由我們的船長同學——挪威人亞伯特領軍，只能容納十二人的帆船，一直到出航前一天，還有人在爲報名太遲而抱憾不已呢！

九點整，晨光下亮麗的小小白船，載著準時到齊的一打成員，趕在水面開始退潮之前，緩緩駛出學校後面的「小港」——名喚「較小」的這個港，可完完全全的名不符實。她事實上是拉荷歇爾，同時也是整個濱大西洋岸的西法國最大的一座遊艇港灣；據說在整個西歐比起來，她的規模也是數一數二的，不亞於南英格蘭的布萊頓等著名港口。可是說句老實話，布萊頓所引以爲傲的遊艇大港，船是眞夠多，整體規劃卻實在沒什麼美感，單調暗淡的水泥堤防，把整片美麗海景給遮擋得一角都不留。

好了，我們出海了！雖然對於如何揚帆擲錨、如何看地圖辨座標等等常識是一竅不通，但

就在船兒緩緩駛離港灣堤岸、迎向大西洋的那一刻，心底突然湧現一股澎湃情懷——水手們啊！終於又再度投入大海的懷抱裡，快來在波濤起伏中讚嘆大海、在鹹鹹風兒呼嘯中仰慕她的丰姿吧！

亞伯特正忙著計算經緯度、並要整理繩索船錨吊桶等物件。今天，全船人的性命安全可全看他的了。

爲什麼還不揚帆呢？有人已經等不及了。

「別急，時候還沒到呢！」亞伯特氣定神閒地指揮張羅著。泰然自若的神情，在出了海之後明顯地更添幾分飛揚愉悅，那是對大海的熱愛、是一張航海家的臉啊！他一定是個非常出色的船長。我想。

終於，在羅賓和西蒙充當助手協力之下，雪白的船帆，在眾人驚呼讚嘆聲中，飽滿驕傲地矗立在海天之間。那醉人的藍、耀眼的白，原就是宇宙天地間唯一恆久不變的色彩啊！

掩不住滿心的興奮與好奇，大夥兒在相互拍照留念之後，為了想更充分地滿足參與感，眼光開始覬探亞伯特的船長寶座。

「放心好了，有我在一旁是絕對沒問題的。有興趣想掌舵的，趕快來吧！」

就這樣，大家一個個興致勃勃地，輪流上前去一圓了「舵手之夢」：兩手輕輕地掌控巨大舵盤、掌握住固定的經緯度、也掌握住整個船帆船身的去向——這艘頂多也只能算做中型的輕巧白帆，卻在親手握住木頭舵盤的那一剎那，忽地變得龐大而神聖！

一早上的冰冷海風襲面，在頂著頭上的正午烈陽發威之下，有漸和緩的跡象。已經可以看到拉荷歐爾外海最大的奧雷宏島了，我們於是下錨，午餐時刻到了。

每個人一張被冰凍得紅通通的面頰，步下窄窄階梯，一個個擠進溫暖的船艙來，擁擠熱絡的氣息，迅速吹散艙外的寒意。拉開桌子，拿出船上廚房備妥的杯盤刀叉，這頓海上的搖擺午餐吃起來可還眞不簡單。最要命的是，幾個負責採買的同學，小看了十二張嘴巴的功力，桌上食物迅速地一掃而空後，大家的眼睛還在東張西望。

「起司沒有啦？」「那臘腸呢？」「火腿也吃完了？」居然連近一公尺長的好幾條麵包也被解決得一乾二淨；飲料倒是多得很，就算我們迷航在海上飄流個三兩天，這些啤酒可樂礦泉水

大概也夠支撐的了。

「唉喲！這哪能幹嘛啊！」幾個人高馬大的男生已經在抱『肚』哀叫了。幸好，到哪裡總是會有幾個聰明女生攜帶各種零食在身，而酷愛飯後來點兒餅乾的朵黑絲，更是早有先見之明，我們昨天就已買妥一大袋各式餅乾糕點巧克力了。沒想到這袋寶貝竟解了燃眉之急，避免了整個下午聽見大家肚皮咕嚕聲此起彼落的慘況。

航海啊！航海！塡飽了肚子之後，在船前船後甲板或座椅上，找一方角落，調整一個最舒服的姿勢，罩上墨鏡，任他驕陽顯威、任他涼風吹拂，我們在藍天碧海之中，在海洋之母輕推搖籃般地規律擺動中，沉沉進入夢鄉。是一場只有藍與白的安寧夢境。

藍天、大海、地平線，這就是眼前的一切了。沒有了人造世界裡的種種視覺障礙，來自天地間的訊息變得更明確。

太陽明顯地轉了向，該是我們回航的時候了。

「準備，一、二、三，轉！」龐然巨帆在大家仰望下，『咻』地調了頭，白帆上頭好似沾染了些不同顏色，微微的紫、淡淡的橘，還撒了些金粉，呵，是斜陽西照、預告了黃昏的來臨呢！

風浪變大了，整個船身晃動得厲害。在亞伯特一會兒左、一會兒右的指揮下，我們幾個待在外頭的「肉身鉛垂」，忙著在艙外的座位上左右挪移，藉著重量來平衡船身。本在艙裡休息的人，被海浪晃得頭暈腦脹，重又上來吹吹風；我們的這趟處女航已快要接近尾聲了，精力尚佳的幾個，拿出庫存的冰啤酒、舉瓶互敬，我們正乘風歸去。

遠遠地迷濛中，似乎是「小港」裡的長長船桅在那兒搖晃，漸漸出現的是船身、港灣，和陸地；就和每次陸上旅行歸來時一樣，一股「回家」的喜悅感，不自禁地湧上心頭。拉荷歇爾啊，妳的水手們返航歸來囉！

拿破崙如果有顏色的話⋯
該是什麼色？
一定是銀
帶一點兒冷冰冰的
優雅驕傲盡顯的純銀

銀色拿破崙

第一次見著他們，大約是在某個初春的周末午後。

雖然大西洋吹來的風依舊透著冰涼寒意，但午後可人的陽光、和港灣大道兩旁枯枝上冒出來越來越多的粉粉嫩綠，在在向人昭告著春已來了的訊息。

於是裹著大衣圍巾架著墨鏡坐在露天咖啡小圓桌前的陽光愛好者多了起來，港灣另一頭只准行人不准車輛的那條寬闊大道兩旁，一個個手工藝品攤也像枝頭嫩芽似地越冒越多。當然，跟全世界觀光城鎮吸引遊人的熱鬧焦點一樣，「街頭藝人」這種行業，自然也不會在這裡缺席的。

轉角處一棵大樹下不知有什麼好玩的，經過的人就像被磁鐵給吸住，層層疊疊的圍了上去。雖然說這種人云亦云的湊熱鬧好奇心沒什麼值得驕傲宣揚的，可是那圍著的人越是多，自己就非得也湊上去瞧瞧不可。

在人群的中央，不是雜耍不是賣唱也不是魔術表演，卻見一尊亮眼的銀色雕像靜靜矗立著。飄進耳畔的是悠揚輕快的古典小圓舞曲，四周的空氣像是輕巧愉悅的要舞動起來了。那對男女就這麼動也不動地、一站一坐，以他們本身和腳下頭上身旁所有大小道具，組成了一個專注靜止的王國。一個銀色王國。

說老實話，不論身在何處，每回看見這種假扮雕像的街頭藝人，賣弄「紋風不動」的本事，接受眼前開心的遊人們把投幣拍照當作是觀光過程中的歡樂加分點，我就眞心覺得，在異鄉要討個溫飽好像也並非那麼困難；不用學呑火耍劍、不必畫得一手好畫，只須臉皮厚一點兒、還有投資一點小錢購買顏料漆他個滿頭滿身即可。

可是，比起柯芬園廣場上金銅色的賣栗子小販與推車、或是塞納河橋頭喜歡突然跑下台來嚇唬圍觀者的白色小丑，拉荷歐爾這座雙人銀色雕像，顯然較那些表演歷史悠久的「專業」雕像，要更添一分餘韻繚繞的藝術氣息。在靜止中，帶給人一種說不上來的視覺震撼。

或許是因爲他們選播的背景音樂？或許是因爲他們的裝扮主題？還是因爲一身耀眼的銀？那男的做拿破崙扮像，頭上一頂招牌船形帽、腰間一柄長長配劍，下顎微微上揚、雙眼輕

閤，銀色的一張臉上，驕傲、陶醉、自信之色盡顯。

他的約瑟芬則優雅地端坐一旁，蓬蓬裙擺垂地，擱在腿上的是一捲書頁；她一隻手展開書頁、另一隻手則倚在拿破侖高高站著的小台子上，托著腮，作沉思狀。約瑟芬很年輕，透過滿臉厚厚的銀漆，仍然看得出來光滑無瑕的肌膚、和嬌俏的五官線條。

兩人中間一個大圓鐘，忠實地顯示現在時間。與其說這一招是爲了吸引那些出門不習慣戴手錶老愛向人問時間的龐大族群的視線，倒不如說，這是他們精心設計的慧心巧思吧！鐘擺拉出了時間，音樂帶出了空間，他們在自己所創造的時空裡，盡情地爲王爲后。好一對素人藝術家啊！

自那天之後，我們發現，拿破崙跟約瑟芬顯然很努力地在城裡討生活。只要是太陽露臉的午後及周末假日，總可以見到一式一樣的銀色身影矗立在港邊、在城區各大小廣場上，或者某個街角轉彎處。一天下午從郵局走出來，一拐彎兒，只見兩個銀色的人走在前頭，不是全然徹底的銀：約瑟芬的銀色蓬蓬長裙和銀色球鞋之間露出一小節黑襪子、拿破崙取下了船型帽的光頭上是健康的膚色。靜止的雕像突然活了起來，兩人捧著一滿懷的表演道具，有說有笑的一路往市政府廣場去。

「快！我們快跟去！我要看他們演出前的準備工作！」雖然是已見了無數次，但每回他們都已經在完美的表演狀態下驕傲地靜止著，我就眞想瞧瞧在那之前是個什麼情形。

「哎呀，不又是那一對，早看得都不要看啦！那是拿來唬觀光客的啊！」友人撇撇嘴，一付不情願的樣子被我拖著走。

是呵，不就是兩個整天出來賺遊客錢的街頭藝人嗎？剛開始或許還挺新鮮，到後來，甚至連拿破崙那支有時在腰際、有時在手中，有時根本就不見了的長劍，以及約瑟芬左臉頰上永遠都不會忘記的一滴銀色珠淚這些小細節，都給摸得一清二楚了，還有什麼好好奇的呢？

說是好奇心作祟，倒不如說是漸漸不經意間對這雙「銀色情侶」油然而生的一股親切感，驅使我想更進一步去接近眞實的他們吧！

後來，我也總還是很有耐性的在城裡各處觀賞他們的演出，尤其喜歡站在圍觀著的眾人之

後，看男女老少大人小孩兒一個個或驚奇、或迷惑、或上前試探、或盯著看咯咯傻笑的各式千奇百怪不同反應。有時也正巧見著他們約莫半小時一回的「休息時間」：走下了台子的兩個人，一身古典打扮之下，露出一對大球鞋，銀色的雙唇緩緩地呑雲吐霧。

他們不是那種講究互動的耍寶型藝人，面前一大群充滿好奇的觀眾，對他們來說好像也可有可無。兩個人表演時目中無人，休息時帶著笑意的眼底也只有彼此。可就是那股旁若無人的優雅神情、一種難以形容的瀟灑調調，引得他們面前永遠是人潮如織。甚至連隨性的中場休息，也因爲他們自在從容的獨特氣質、混合著這假雕像走來走去還叼著根煙的那種怪異氛圍，反而吸引更多人興致昂然地湊上來，操著不同語言品頭論足一番。

我說，飲恨滑鐵盧的拿破崙啊，若能重返世間再活一場，來這座濱海老城中，何妨忘卻那雄雄壯志，就與你的約瑟芬，在凝結靜止的天長地久當中，接受世界子民們的景仰與膜拜吧！

我的故事中有你
他的故事中有她
曾經，戀人們的故事
用一條被淚水浸濕的長線
牽起了這個世界
在地球表面拉出一道道愛的鏈結
有一點兒錯綜複雜又難解……

戀人們啊！

在異鄉人生地不熟的環境裡求學，身旁周遭有來自世界各國不同種族的同學天天相依作伴，從好奇到熟悉、從陌生到熱絡，遠離了一切家鄉世俗的牽絆，大夥兒在美麗醉人的拉荷歐爾城裡，一塊兒品味異國學生生活的種種酸甜苦辣；這種環境下所產生的友誼，特別容易激發出一些奇妙的化學元素。戀人們的故事，就在這裡有笑有淚、從不間斷地上演著。

娜拉有著一頭淺褐色像瀑布般直直傾瀉而下的中分秀髮，白晰而秀麗的臉龐，跟想像中熱情如火的巴西人不太一樣。她話不多，但心細如絲，開學第一周，她就體貼的記住了所有熟與不熟的同學們的名字，在校園中相遇時，她總在問候話之後，主動加上對方的名字；我們雖不曾深交，但她甜美婉約的笑容，至今令人印象深刻。

娜拉屬於南美民族的熱情天性，終於在她與那個「小辮子頭」男生墜入情網後展露無遺！「小辮子頭」是金髮白人，卻永遠綁著一整頭黑人最愛的細細小麻花辮，當我們注意到他和娜拉一同出現時，他們倆早打得火熱！

於是，每天從早到午後，在餐廳、在陽台、在池邊、在圖書館，在校園任何一個角落，都可看見倆人親密身影，卿卿我我地互訴衷曲。此情此景，每每令大夥兒看了心中是百味雜陳。

那時候大家都是初來乍到，人生地不熟，身心上都還在調適，也許志同道合的知已也還找不到一個，難免會有孤寂空虛之感。天天看著這一對你濃我濃，當場有另一半的恨不得立刻飛回家鄉擁抱情人、沒有的則眞想馬上找一個，談他一場轟轟烈烈的異國戀！

如此好像過了也沒多久，一天放學在公車站牌遇見娜拉。

「嗨！娜拉，最近好嗎？」

「嗯。這是我最後一個禮拜了。星期天我就要回巴西去。」

「怎麼會這麼快？不是才剛開學嗎？」

「是啊！實在是過得太快了。我在這兒只待一個月。」

「妳男朋友也一塊兒回去嗎？」因爲並不熟，而且曾聽到他們兩人在用葡語交談，我們一直以爲娜拉的男友也是巴西人。

「不！他回瑞士去，他是瑞士人呢。」

娜拉清麗的臉龐上是難以遮掩的層層陰霾。異國戀曲雖綺麗動人，最傷心總在曲終人散時。

寶拉最早和我在同一班，幾個年齡在「十」字頭的哥倫比亞小女生，整天就在課堂上吱吱喳喳沒完沒了的西班牙文。二十一歲的寶拉是她們幾個中最年長的，好像也是唯一一個沒有男友的。每次幾個女生拿出皮夾裡珍藏著的另一半玉照秀給眾人欣賞時，寶拉只在一旁微微笑著。

這群小女生很自然地組成了一個「哥倫比亞青春聯盟」，無論上課下課大家永遠和在一起，妳一句我一句講得飛快的西班牙文，眞是熱鬧的不得了！

可就有這麼一個長相頗斯文的男生，每次都不請自來的加入這個青春聯盟，靜靜地與她們坐在同桌，面帶微笑望著這群嘴巴永遠不停歇的快樂小麻雀。而最後，目光總是停留在嬌俏的寶拉身上，不再挪移。

於是我們知道，「校園戀曲」又要再度高唱「開麥拉」了！

寶拉和彼得這一對，那陣子可真在學校裡出了不少風頭，兩人還曾共同贏得校園奧斯卡獎的「最佳情侶人氣獎」呢！「獎品」是當眾表演熱吻三分鐘。

斯文有禮的彼得，在這所法文學校裡，他的身份有點奇怪。他原是法裔巴西人，在巴西出生成長並定居，但雙親都是法國人。據說因從小父母就不在身邊，以至他長大成人後還得要專程來法國學法文。

事實上不管怎麼看，永遠身著精心搭配過的襯衫、休閒褲，頭髮梳理得一絲不苟、儀容精緻的彼得，渾身散發出一股優雅法國味兒，像是來學校教法文的在地人一樣，實在很難聯想他其實來自遙遠的南美。所以，大夥兒有時喜歡尊稱他一聲「老師」！

「老師」與寶拉的戀情持續穩定發展著，突然有一天我們卻發現，男主角在失蹤缺課了幾天又出現時，滿臉鬍渣、下巴還有一撮山羊鬍，完全不符他原本得體的形象。頓時一下子人好像老了十歲，更具有「老師」的威嚴了！

看著男的失魂落魄、女的滿臉無奈，大家只當是小倆口吵嘴了。哪知這天，我又在等車時遇到了寶拉。

「最近好嗎？」千篇一律的開場白。

「嗯。在忙著打包行李。下禮拜就要回家了。」

「彼得呢？」

「他還有一個月的課，下個月底才會走。」

「他會去看妳嗎？」巴西和哥倫比亞都在南美洲，兩國是鄰居，不太遠嘛。而且，這一對這麼恩愛，眾人都很看好他們呢！

「唉，大家都以為我們倆很近，其實南美洲內陸交通很不便，飛機票又很貴。對我們來說，這樣跑一趟，跟飛來歐洲差不多，是大事一件呢！」寶拉年輕未脫稚氣的俏臉，塗上了一抹超齡的落寞。我突然想起三個月前也在同一站牌下，娜拉空洞沮喪的神情。「他在聖保羅工作，我大學還有兩年才畢業，回去之後是不可能再經常見面的了；既然這樣，我想，也許只有算了吧……」

人生總有聚散離別，雖然只是短暫相聚，但交會時所綻放的光芒，相信是生命中久難忘懷的吧！這樣的愛情，又有誰能去評斷當中的得與失呢？

可是，難道這麼多浪漫故事裡，就不能偶爾大快人心地出現一次圓滿結局嗎？難說。也許哦！

在寫這篇文章的同時，史帝夫和莎賓正持續地以網路熱線傳情；浩美和安得烈這對「班對」也還在加溫發燒當中。人生這回事，沒什麼說得準的。異國戀情困難重重，但誰說就沒有人能突破難關呢？

德國人莎賓，是我的室友尙娥之前在巴黎唸書時認識的好友。尙娥到了拉荷歇爾後，力邀好友來此享受大西洋海岸的豔陽風情，於是，酷愛日光浴的莎賓決定利用周末假期專程前來探訪。尙娥為她邀集了學校同伴們，大夥兒一起出遊好不熱鬧！

就在第二天夜裡，當大家拖著玩了一天的疲憊身軀，在細雨中三三兩兩地漫步長長拱廊街下，準備打道回府時，一回頭，卻不經意地瞥見尙娥班上的史帝夫與莎賓，兩個人已大手牽小手緊緊握在一起。

也是德國人的史帝夫，生得英俊瀟洒且頗有個性，自詡為挑剔的美食家及生活品味家，是打死也絕不吃麥當勞的那種人，平常在同學們眼中可算怪人一個。他和身材修長、一頭短髮，穿著簡單入時充滿自信美的莎賓走在一塊兒，說實在話，還眞登對！

至於我隔壁班的日本人浩美和她的瑞士小男友安得烈，就更有趣了。他倆年齡整整相差一輪——浩美今年三十一、安得烈十九。保守人士們看到這裡恐怕已經快要昏倒，可是，人家小倆口互相看對了眼，年齡的差距又哪裡阻擋得了來電的感覺呢？

就像很多日本時髦女生一樣，浩美相當擅於打扮及保養，叫人實在猜不出她的真實年齡；每當她和安得烈這對充滿青春活力的「班對」出現時，總令人覺得好像從他倆身上溶化了一地的濃濃蜜糖，所有人都沾染了他們的甜蜜。

決定法文課程結束後要繼續留在法國深造的浩美，已約好了要在安得烈瑞士山腳下的家中一起過聖誕節；史帝夫聽說下個月通過法文檢定考試後，也要去探望在巴黎工作的莎賓；天涯處處皆有情，誰知道你的愛又會在哪個角落等著與你相遇呢？

戀人們啊，加油哦！

愛看愛情電影嗎
眞正的羅曼史怎麼演
答案不在電影院
漫漫流逝歲月當中
每一滴深刻的淚水
每一個眞心的歡笑
讓人成為生命裡第一流的主角——

羅曼史

有過好多羅曼史嗎？

最近在報上看到，由法國導演凱瑟琳貝亞執導的「羅曼史」（Romance）一片，在台灣的電檢初審中被剪十二刀，搞不好還有遭禁演的可能；思緒一下子又回到了拉荷歇爾城的春天裡，與這部影片有關的往事和心情。

話題的開始，是因爲芬妮帶來了一張彩色電影宣傳單到課堂上傳閱。坦白說，很多同學法文閱讀能力都不怎麼樣，對上頭長篇大論的故事背景介紹及精神闡述等文字的興趣，遠不及那些具有強烈暗式性的聳動劇照。

「你們在看什麼啊？」五十來歲的好好夫人蜜雪琳娜一進教室，只見表情興奮的一堆男女湊在一塊兒爭閱一張紙。「啊哈！『羅曼史』，這部片你們千萬不能錯過啊！這位導演是我一個好友的朋友，我個人對她是相當的景仰呢！咦，等等，克麗絲汀，妳滿十六歲了嗎？」

被問到的是全班最小、大家暱稱「bebe」（baby）的瑞士小女生。一陣哄笑過後，蜜雪琳娜趁著班上興致正高，當場爲大家上了一堂電影介紹課。於是我們大概了解了這部電影是用非常聳動赤裸的表現手法，來傳達一個平凡女子在一段註定了沒有幸福的情愛當中，悲苦寂寥的內心世界和心路歷程。故事軸線再簡單也不過，而之所以廣受矚目的重要原因之一，坦白說是因爲全片據悉貫穿著極寫實的情色畫面。但它不是色情電影，而是一部傷心的電影。

就這樣，五個女生相約隔天放了學一起去看。說穿了，還是比較好奇地想瞧瞧，它到底有多麼的「寫實」。我和費洪南達沒有腳踏車，同班的法蘭克自願發揮德國男士的紳士精神，開車送我們到電影院。在車上我們極力遊說他也一道共襄盛舉，可惜人家當天已另有約而作罷。

看完電影出來，我眞眞眞慶幸法蘭克不在場。沒有跟異性友人一起觀賞這部叫「羅曼史」的電影，眞是我們這輩子所做過最値得慶幸的事情之一！

爲什麼？如果你有機會看到一刀未剪的完整版本，大概就不需要我再多做解釋了。總而言之，當天我們這一夥五人的「聯合國娘子軍」坐在戲院裡，除開俄國人麗娜和我，從頭到尾從容鎮靜地大氣都沒喘一口之外，包括費洪南達在內的另三個，被驚嚇得徹底發揮了南美洲人誇張的肢體表情，兩個小時不間斷地在坐位上「手舞足蹈」，只差沒跳起來奔出放映廳。

「天哪！這是在幹啥？」「哦！又來了又來了，我看不下去了！」「老天！我的上帝啊！看看他們在做什麼……」就是像這樣，我的這幾個同伴們，一會兒手指銀幕激動的揮來揮去，一會兒以手捂臉拒絕觀看，甚至還要跺腳來表達內心的震撼！

「嘿，冷靜點啊，右後方那個男的一直在看我們這一群呢！」眼角的餘光一直掃到斜後排那名男子對我們幾個「奇異」的注視目光，不得已附在身旁同伴的耳畔輕輕提醒；「噓——後面還有人哩——」，在震撼中突然發現，原來這個清閒的午後場中，戲院裡竟還有其它外人的存在！驚嚇之餘，一個傳一個的悄悄耳語，總算是讓我們這一排慢慢地勉強鎮靜在坐位上直到終場。

「羅曼史」究竟好不好看？想每一個曾經在愛裡無助過的人，總瞧得出充斥在全片大量寫實畫面裡裡外外某些無聲的話語。我以爲，那才是這位法國女導演的拍片重點吧。

過了幾天，我的室友尚娥興沖沖地在晚飯桌上告訴我們，她餐畢要和兩個同班男生一起去看這部「話題電影」，引起了我們的關切。

「就妳跟他們兩個？」「對啊！」

「可是，可能會好尷尬呢！」「哎呀，這有什麼關係，我們是很熟的死黨啦！而且啊，不就是一些火熱的場面嘛，又不是沒看過。」

年輕的尙娥，常自詡等想結婚了才要交男友。有生以來，身邊所有男生都是要好的「哥兒們」，男女的世界，在她來看就是戀愛成家生子，單純俐落的人生單行道，不拐彎兒不暫停也不會分岔的。老實說，我眞擔心，一場如此赤裸的眞實世界，就這麼呈現在她眼前，恐怕會粉碎了她的人生信仰呢！

那天晚上尙娥走後，因著「羅曼史」所引出的話題，讓我和德莉莉兩個徹夜長聊不覺夜深。雖然一老一少年紀相差了快三倍，可是同樣的性別、同樣跟著感覺走的性情，聊起生命中的愛慾情愁，感慨卻是如此相似啊！

「我就是這麼打心眼兒裡喜歡妳啊！」德莉莉緊抓著我的手臂，「雖然年紀輕輕，可是妳懂得，我說的妳都懂，唉，這又眞叫人心疼。但人生就是這麼回事囉，早懂還比晚懂好啊！」

是呵，也不能不算一種幸運吧。還在過兒童節的年紀，就看見了「人生單行道」的脆弱不堅實，而後親身走過了路上的愛怨情愁瘋狂迷惘無力無奈心醉心碎，那些愛情文藝片裡的幸福結局，早就曉得一笑置之即可。一點兒都不甜美浪漫的「羅曼史」，才是眞正看進了心坎兒裡的故事啊。

「眞高興妳能跟我聊這些，告訴我妳的故事；看著妳呀，就想到我女兒，我看她在這條路上走著也是苦啊！可是，她從來都不肯告訴我一點詳情，每回問她，就會說『還好還好』，也不知道老媽心裡好牽掛著哪……」德莉莉的話匣子一打開就沒完沒了，而這還是頭一回，見她如此憂心的聊起僅有的一個女兒。之前只曉得，三十五歲的德小姐，有一個已同居了五年的男友，和兩隻愛犬，住在城外十公里處一間有個大花園的鄉間別墅裡。她的男友我見過兩回，高大斯文相貌不俗。

「可我就不喜歡這傢伙！」爲什麼呢？「我看得出來，他們倆已經不行啦！剛認識那時候一陣瘋，還說要去拉斯維加斯旅行結婚。可是現在，每次我打電話去，都只有葛海娜（德小姐）一個人在家，那個尙米謝，狐群狗黨一票，整天玩音樂、去運動，葛海娜不喜歡這些，她愛待在家裡，他就每天丟她一個在家，連周末假日也一樣哦！」

眼看她越講越激動，「我可憐的葛葛啊！我看她樣子、聽她語氣，就知道她心裡苦。妳看看，最近她又跑去流浪動物之家抱回一條狗就是最佳明證！好端端的每天忙著上班過日子，一個里歐還不夠煩的嗎？就是因爲心裡頭空虛寂寞想多個伴兒、夜裡好讓整間屋子多點兒聲息，她才這樣做的。以爲我看不出來嗎？這孩子，死嘴硬又不跟我講，害得我一顆心七上八下放不下啊，」德莉莉好像快哭了，「這個男的，打從一開始我就知道他不會對葛葛好。唉，我的心肝寶貝啊，這輩子兩個男人，上一個她愛了九年，後來人家變心跑了；這一次又這個樣子，我說啊，既然死拖著沒希望心裡煩悶，還不如早斷了算了！」

話是這麼說，雖然我們並不清楚眞實的情況，但這樣的泥沼，總是旁觀者繩子丟得容易，身陷其中的人，恐怕還不太想眞正爬出來呢！

如預料中的，「羅曼史」的上映，果然掀起了熱烈的話題風潮。連很少上電影院的德莉莉，也決定去親自一睹。至於尙娥，那天之後她沒有再主動提起去看這部戲的事，一直到後來我們問起，她先是整張臉五官扭曲，作出一個恐怖的誇張表情，然後說「噁心死啦！」這四個字就是她唯一評語。「這種電影在我們韓國鐵定是禁演的！」她又補充。

德莉莉呢，和相約的女友一塊兒出門去看電影的時候倒是挺開心，還被我們不懷好意的揶揄了一番；等晚上回來，卻見愁眉苦臉。

「妳知道嗎？我坐在那兒，整場就心裡想著我的葛葛啊！」我看見她的眼睛濕濕的。「太苦悶了！太可憐了！太悲傷了！我感同身受啊！我看著看著，怎麼都不由自主地想到我的心肝寶貝啊！我要說，這部電影實在拍得太好了！太棒了！這是一部只有女人才拍得出來的電影啊！」德莉莉的眼淚終於掉了下來。

在這部激烈的話題電影所拉出的幕後題外話中，我意外地看見了一幕人世間的眞情好戲，那就是爲人父母對子女永遠的牽掛。世界皆然。已經三十五歲的德小姐的「羅曼史」，依然要讓老媽背地裡憂心垂淚；隨著德小姐偶爾一丁點兒蛛絲馬跡的顯露，德莉莉那陣子心情動盪起伏不已。有一天，她好似終於下定了決心，即使女兒對自己的感情世界再怎麼沉默，她這個身爲母親的，也到了該說話的時候了。

「我再也忍不住了！我一定要開口！」一天早上正準備出門上學的時候，在花園裡德莉莉將我拉住。「妳看，我是該先表達我的擔心，拜託她告訴我他們倆之間究竟情形如何，然後再好言相勸；或者我直接一針見血的說：既然妳跟著這個尙米謝心裡也不快活，何必要爲了這一顆樹，而放棄了整座森林呢？媽媽支持妳再去交些新朋友……到底該怎麼起頭，才會讓寶貝女兒接受我的關心呢？」

看德莉莉一臉的憂心忡忡，讓人只好暫緩了擔心上學快要遲到的匆忙腳步。既然她這樣倚重我這個爲人子女的意見，眞希望能讓她別再繼續這麼煩憂困擾下去了。

說也奇怪，子女對父母，好像極少傾訴自己的內心世界，特別是感情，反倒是與同儕知己無話不談。德小姐的態度，我完全能夠理解；自己之所以歡喜把德莉莉當作傾談的對象，大概也就因爲她不是我的母親吧。針對該如何才能突破德小姐的心防、如何才能讓她感受到老媽的深切關懷？我們倆就這麼站在園子裡「密商」了老半天。

誰曉得，自那天下午放學回家起，接連著的好幾天，這件事不但毫無進展，只見德莉莉的眉頭鎖得更深了。

話到嘴邊說不出、心底卻是千千結，也真是苦了德莉莉。

「我每天見了葛葛、每天也想問她，可是一看她那副故作若無其事的樣子，我一堆話已經急得塞在嘴邊，可就怎麼也開不了口啊！妳說到底該怎麼好呢？」

我其實真想告訴德莉莉，子女們總有該他們自己的酸甜苦辣要去品味，躲也躲不了，快也快不得的。做父母的，除了一旁建議之外，實在也幫不上什麼大忙啊！就別太煩心了吧！

可是這麼一說她肯定更加傷心。所以，「說不定他們之間根本就沒妳想的嚴重哩！葛海娜心情不好，也可能是辦公室裡不太順利，或者只是小小不愉快，一下就過去啦！」像這樣正面的猜測，或多或少該能將她心中一只巨結稍稍鬆解。

又好幾天過去，這個晨早，卻見德莉莉眉開眼笑，而且主動地提起了女兒。

「昨天夜裡給葛葛打電話，尚米謝接的，說他們倆正一塊兒在看電視長片呢！」

「就說了嘛，沒事的啦！瞧妳傻哩瓜嘰的不知道掉了幾斤眼淚，頭髮都急白了多划不來啊！」

她哈哈大笑了起來。這位可愛的老婦人，開懷傷感總是如此容易。多麼希望屬於她的眼前路途，酸的、苦的、辣的，都已了結，剩下的只有甜。永遠快快樂樂笑口常開。

而至於德小姐，至於你，至於我，該每個人的甜蜜總也跑不掉。嚐到酸苦的時候，去電影院裡坐坐，黑暗中將自己的痛，心底拿出，投射進一片伸展開來浮光掠影虛無顆粒光束之中，向銀幕上正演著你生命的男男女女們去交換、去共鳴、去激盪，跟著一塊兒喟嘆悲愁歡笑哀傷，不也是一種奇妙的釋放？

只是，銀幕裡的悲歡喜樂，三兩個小時就能了結。燈光亮起之後，每個人心裡明白，自己的戲份，還長得很呢！

生命的弧要怎麼畫
全操之自己雙手
你當然可以一世活在方圓半尺單純自在
或者只要輕輕一記大圓弧
就能滑向遠方
即使是歪七扭八不成體統又何妨
旁人或愛置喙
而那卻是你的紙啊——

東洋二美在春城

浩美和富士美，來自東洋的這二「美」，差不多就在滿城春意的同一時候，加入了越來越熱鬧的校園。

看上去都在二十來歲左右的兩個女生，第一眼就可以比較出明顯差異。

浩美高挑，富士美瘦小；浩美穿著時髦率性，富士美保守呆板；浩美一臉適合春天的透明彩妝，富士美厚厚白粉活脫脫舊式東洋女性的翻版。

還有，浩美活潑外放，憑著完全沒有學過法文的程度，也就這麼在全是歐洲人的校園裡，大膽地用英文主動交朋友。遇上對方英語一竅不通，她翻出字典、秀出一個個字不正腔不圓的法文單字，居然也八方通吃。而說是在日本已補習了五年法文的富士美，卻好像完全不在狀況之內。開口說一句話，支支吾吾老半天，只吐得出一個「我」字，再來就抱頭掩面，羞得無法繼續了。聽著對方的話，不知怎地卻也像根本聽不懂，第一遍、她努力拉開瞇瞇眼睛，臉上寫滿迷惑，第二遍、她開始雙手捧頰，面上已經泛紅，等到來人將同樣的話很懇切緩慢地說了第三遍，好像有一點點聽懂卻還是一知半解的她，終於又羞愧地整張臉埋進了手裡，死命搖著頭，發出無法言語下細弱的嗯啊聲。

富士美是編在我們這一班的。對於她令人難以置信的害羞封閉，一開始大家都有些不知所措。對她的好奇和觀望，遠超過困難度很高的友善示好。

而隔壁初級班同期報到的另一個日本人浩美，就成了富士美僅有的交流對象。

過了沒有多久，我和浩美越聊越多；而和富士美，在課堂上碰了頭、除了表示關懷的微笑之外，眞的不曉得還能多說些什麼。富士美後來出現在話題當中，還是浩美主動提起的。

「富士美在班上說話嗎？」

「幾乎從來沒有呢！她是眞的很害羞啊！這樣的異鄉生活很難爲了她吧！」

「的確，」浩美點點頭，「其實她自己知道。她告訴我，就是爲了想改變自己，才毅然決然地飛來了這裡啊！我眞希望這裡的環境的確能幫助她，不然，已經三十五歲了，人生都過了一大半，難道就這麼靜靜的害羞過一生嗎？」

「什麼？她三十五歲？開玩笑的吧！」

「是眞的啊！妳不知道，她在同一家醫院做行政工作已經十二年了，整天被家裡催著要嫁人，可是像她這種個性，哪裡有機會認識好對象呢？這次來法國，全家都反對，就衝著她爲自己作下這個決定的一股勇氣，我相信她一定能夠有所改變。或者應該說，在她的內心裡，已經覺醒到要爲自己的人生全力以赴了吧！」

富士美眞的很勇敢！她所面對的挑戰就是自己，這是一場生命中最艱難的奮鬥啊！儘管起頭相當吃力，她卻從不遲到早退的永遠安靜坐在教室裡，瘦小身軀要承受的，除了從半途開始，並不十分簡單的法文課業之外，還有因爲無法與人交際而陷入深深孤立的課餘時光。而後者，或許才是最難熬的。

同班的我們，看待富士美的眼光，從一開始的遠遠觀望、到好奇不解、到想探究更多、到漸漸能體會，慢慢地，轉化爲出自眞心的佩服；甚至，一股油然而生的崇敬，也在對她認識更多之後，出現在許多同學的觀感中。然後所有人不分國籍年紀性別，只有一個念頭：幫助她！

於是大家的聚會活動一定不忘邀她，不碰酒精的她，每每在大夥兒觥籌交錯七嘴八舌的嘈雜中，捧著一壺熱茶安坐其中，像也分享了朋友相聚的熱鬧氣氛；課堂上的小組討論，總有人主動往她身邊坐、有限的單獨發言機會，全班用耐心和專注等她努力拼湊出完整句子。

一天一天的我們發現，富士美的笑容變多了、步伐輕快了，以手捂臉的次數也越來越少。文法底子其實並不差的她，連續幾周說話和聆聽的練習下來，終於漸漸開始能與人交談。

這天，她帶來一個熱水壺和許多瓶瓶罐罐大小盒子，堆了滿桌。

「富士美，妳要搬家啦？連熱水瓶都帶來了？」「咦，這個漂亮的布裡面包著的是什麼啊？好有東方情調啊！」「居然還有一個碗！

這個碗好小啊，可是漆得眞美麗！」

全班連老師蜜雪琳娜在內，全擠到富士美的桌子前面。

「我……」雖然仍是微微結巴，但一張笑臉上，兩個眼睛笑得更瞇了。「我今天想…想爲大家表演日本的傳統茶道……」

嘩！可有意思了！班上這些白膚藍眼的同學們，有生以來還是頭一回見識這門遙遠東方世界的高深藝術啊！大家興奮的圍成個圈，一邊緊盯著端正跪坐的富士美一舉一動，一邊眼睛掃瞄著擺在中間各種令人好奇的道具。

富士美那天特別穿了一襲花色的背心長裙。她取出喝抹茶專用、曾被盧卡斯誤認爲「碗」的精緻陶杯，打茶用的像刷子般的器具，以及喝茶時要搭配食用的，各種五顏六色小巧可愛的傳統糖果點心來，在大家的全神貫注之下，開始變起一道神奇的綠色魔術！那個早上全班開心得不得了，富士美熟練地打出一杯杯草綠色微微清甜的日本抹茶，給遞到每個人跟前去，同時還邊爲大家示範，如何緩慢地轉動那只精緻如藝術品般的「碗」，以正確的方向就著口喝；我們這老土的外國人，可讓她忙得不亦樂乎。

遇上了這堂難得一見的異國文化活課程，每個同學都興奮地拿出相機來，對準正在表演茶道的富士美，爲難得回憶留下見證。而就在那一刻，透過鏡頭，我第一次驚喜地看見，在富士美靦腆的面容上，正綻放出自信的光采！

富士美變了！短短一個半月的時間，過去三十五年來那個規矩地被傳統制約的保守靈魂被釋放了，我們看到一個越來越怡然自得的快活新生命破繭而出。而同一時間，另一廂的浩美，可也一點兒都沒閒著，她也正盡情地揮霍這段異國生活哪！

說起來，浩美的法文能力，之所以會像搭太空梭一樣地突飛猛進，這當中最主要的原因，肯定是因爲她和瑞士人安德烈陷入了熱戀風雲！

十九歲的大男生安德烈，沒有學過日文，英文也不行。而浩美當然不通德文，這一對法文的初學者，居然也就這麼眉來眼去地、以「世界最浪漫語言」談起戀愛來了！

愛情的力量實在驚人啊！剛開始談話時，總在全部英文中努力攙入極少數法文單字的浩美，這天我們坐在初夏海風襲面的沙灘咖啡座上，爲了要盡量讓小情人安德烈能聽得懂，她的話語中竟只剩下寥寥可數的幾個英文單字。

「學校裡有同學在質疑我的年紀比安德烈大，嘿！其實啊，他們不知道，我比他們想像中還更老哩！」從來也沒有問過浩美的年齡，我想總和自己差不多吧！

「嘉寶，我三十一歲了。」她毫不掩飾的直接態度反而嚇人一跳！「大學畢業以後，我每天通勤兩個小時到東京去上班，在同一家公司安份的待了十年。人生中大半歲月都擠在電車上，另外一大半耗在辦公室裡鞠躬哈腰，人家對我唯一感興趣的就是：妳爲什麼還不辭職去嫁人呢？」

「嘿！想嫁人也不是那麼容易啊！妳知道，我所身處的大環境，至今還是對性別有很多可笑的限制和偏見。比方說，很多日本男人都相信，屬馬的女人是魔女——會紅杏出牆還會剋夫。所以我的行情還眞低落啊！」她甜蜜的攬緊了安德烈的頸子，「也因爲這樣，他才有機會哩！」兩個人也不害臊地臉貼臉相視著傻笑了起來，旁若無人地當場來了個比沙灘上大太陽還火熱的親吻。

「去年底，我很認眞的思考了自己的未來，我的個性終究不適合家鄉的大環境。現在啊，就算全日本都沒有男人願意娶屬馬的女人，我也不在乎啦！用兩年的時間把法文徹底學好之後，將來我希望能爭取在歐洲工作的機會……」

浩美講話時喜歡誇張的比手畫腳，手腕上一串小銀鈴不斷地發出輕脆聲響。她的小情人從頭到尾親密的環著她腰甜甜笑著，我突然發現，剛認識時皮膚白晰的浩美，不知什麼時候竟已晒得一身健康古銅色。隨意敞開的 POLO 衫領口，掛著的是上周末去巴黎渡假買的最新款太陽眼鏡。

富士美是喜歡白淨的。背包裡隨身帶著那瓶防曬系數一百一十的日本製超高效防曬乳，說明了她的堅持。其實白晰也好，褐色也好，古銅都好；能夠盡情盡性發乎眞我，就最「美」。

不知道爲什麼
總是被朋友調侃特有「老人緣」
我喜歡跟上了年紀的人們做朋友
一部分的原因是
他們往往是平凡日子中開懷喜趣的來源
叫人哭笑不得的日常大小事
讓生活的腳步變得輕快起來了——

德媽媽生病了

德媽媽生病了！

我回家的時候，遠遠就看見一位從沒見過的先生，提個箱子正跨出大門，一旁跟著相送的是德莉莉，嘴裡不斷道謝。

「那是誰呀？」

「是醫生啊！」眼看著醫生的車漸漸駛遠，德莉莉轉頭就急急要進屋裡去。

「媽媽生病了呢！」

「生病了？」這樣高齡的老太太，一點小傷風感冒都不是鬧著玩兒的啊！「她現在怎麼樣？她還好嗎？」

「現在倒還好。但今天下午可眞嚇死我了啊！」德莉莉的眉頭都皺了起來。

「每天吃完午飯，我都要到隔壁看看她怎麼樣。她嘛，總是吃得飽飽的坐在電視機前面，扯著個嗓門兒叫過來『我好得很哪！』。誰知道今天我一過去，她趴在桌上愁眉苦臉，『我不太好哪。』平常紅通通像蘋果的兩個臉頰，居然蒼白一片；哎喲，她幾乎從沒生過病呢！」

經過緊急電召而來的家庭醫師診斷之後，判定病因爲：德媽媽吃太多了！

「什麼？吃太多？」這當然不是什麼好笑的場合，可是一想到德媽媽那股愛吃勁兒，還是覺得有點滑稽。

不但愛吃，而且主要因爲她的最愛都盡是一些很「重」又不利消化的食物。比方說肉類和山羊起司。雖然她一向攝取很多水果蔬菜來平衡，也飲少許紅酒，使用大量橄欖油，算得上健康飲食了，可是畢竟年事已高，腸胃無法長期承受過重的食物。醫生當場提出了愼重的警告。

「嘿！結果妳知道她回說什麼？」德莉莉的表情好像快昏倒，「『醫生啊，我也沒啥別的嗜好，就愛吃。要是不能盡情的吃，那人生還有何意義呢？有吃有喝開開心心，如果哪天輪到我該死掉的話就死了算了，我啊，才不怕哩！』。」

德莉莉歪著張臉、壓粗了嗓子，模仿得眞叫唯妙唯肖！我再也忍不住，顫著肩膀笑得停不下來。

「喂，」她突然湊近身子一把拉住我，說起悄悄話來了。可是起居室裡頭就我們兩個人啊！「我告訴妳呀，媽媽在隔壁會湊在牆上偷聽我們講話的，我現在啊，就要故意講得很大聲給她聽，因爲這些『逆耳良言』若當面跟她說，她一定不聽。我假裝是在跟妳說，就讓她偷聽！妳可要附和著啊！」

說著說著，這德莉莉就像個擴音器似地音量立時放大好幾倍，還特地轉過去面對著德媽媽那一面牆。「哎呀，沒辦法囉！苦口婆心的叫她（德媽媽）節制飲食她也不聽，我現在是還有能力照顧她，可誰知道以後呢？而且啊，她要是在家裡犯了病，至少還有我在；要是哪天她出門倒在馬路上，看誰來救她喲！」

「是啊是啊，這樣子不行。我眞爲她擔心哪！」我們倆扯直了嗓子像在表演雙簧似的，然後轉過身來摀住嘴吃吃笑個不停。

雖然不能算很有效，可是，這招「隔牆有耳」的警告法似乎多少還是奏了效。過了兩天，一個下午，德媽媽倚在她的門口看花園。她見我回來，招我進她的廚房，我猜大概是悶得慌，想找人聊聊天。

結果，她卻直接打開了冰箱。

「妳看，」她兩手各拿一塊起司，湊到我眼前來。「這藍黴起司啊，是我的最愛。可是醫生說我最好不要吃這種。所以，我特別改進，今天去市場買了另外一種，乳脂肪含量較輕。今晚我就打算吃這個起司，再配上我的上好火腿，妳看不賴吧！」

說著說著，她又取出一包火腿，秀給我看。我一瞧，不得了！趕快指著上面的製造日期告訴她，這包還未開封的火腿，已經整整過期十天啦！

「是嗎？」德媽媽是從來不看製造日期的（字太小，她根本也看不見）。她抓過那包火腿，研究了老半天，竟說「應該沒關係吧，這樣子，我先來嚐一點好了。」切下一塊咀嚼良久，接著她竟切下更大一塊遞了過來，「這火腿還眞不錯哩，年輕人，妳也來一點兒吧！」

「呵，謝謝。可是我現在不餓呢！」

「哦，沒關係，」她已經將火腿放進嘴裡頭了，「妳知道嗎，前兩天醫生來說我吃太多，可是啊，我從年輕時就一直是吃這麼多呢！那是因爲我勤奮工作，所以需要補充體力啊！妳看，我到現在都還每天下花園去勞動，吃好一點兒也不爲過吧！說實在話，妳會覺得我吃太多嗎？其實，我也不過每天早中晚三頓，再加下午一場點心時間麼，還有我愛吃蘋果，有時候一天連吃三五顆，偶爾也來杯咖啡負荷……」

我的天哪！如果有聽說哪裡在選拔全世界最愛吃的老人，我一定要去幫德媽媽報名！

不過想想，咱們中國人說「能吃就是福」啊，看德媽媽如此高齡，還能吃能睡、心情愉快，不也是挺令人豔羨的長生之道嗎？再說，因著同樣愛戀美食的緣故，我還眞要衷心的企盼，若有朝一日，到了像德媽媽這把年紀，也能擁有如她一般的好胃口、和能夠自己享受烹調之樂的充沛精力。那絕對是上天的眷顧啊！

這個午後，就這麼在鍋碗瓢盆食物香氣之中，我洗耳恭聽德媽媽一本「食經」，等她差不多闡述完畢，天已經黑了。

「啊哈哈！妳沒把那塊火腿吃下去吧？」那天夜裡，德莉莉聽了我轉述下午在德媽媽廚房裡的小小『驚魂記』之後，她笑不可抑。而且，可能因爲德媽媽的身體狀況已暫無大礙，開心之際，德莉莉又恢復平日調侃媽媽的本領了。「媽媽這個人就是這樣，曾經就有回，一個寄宿學生在庭院遇見她，一不小心發了問，好像是問說園裡一種花的名字，嘿！結果呀，媽媽硬是拉住人家，把花園裡頭每種花草植物的來龍去脈身家背景通通講上一遍，那個可憐的學生不知該如何開口告辭，活活給折騰了一個多小時才脫身哩！」

「媽媽這麼囉嗦，很多住在我家的學生都怕死她了。下回啊，她要再纏住妳的話，別理她就是啦！叫她來煩我一個就好了。」德莉莉還不忘善意地諄諄提醒。

「不，其實我喜歡聽她說話呢！」自己也說不上來爲什麼，也許是有點兒太濫情了，可是，每回與德媽媽面對面，望著她那張用深深皺紋刻劃著歲月的臉上，不時浮現一種上了年紀的人特有的天眞喜趣，對著人說話時，時而語氣態度果斷近乎頑固、時而又喃喃自語般地柔軟，我就總要想起自己差不多與她同年的祖父。

祖父在的時候，同住一片屋簷底下，可我們這些年輕人每天各有各忙，日復一日，從來也不覺有需要跟祖父多說說話、聊聊天。甚至要等到年邁的祖父心裡孤單、自個兒跑來下令「召見」，這才有了短短交流機會。

說是移情作用也不爲過，我眞喜歡看見德媽媽機關槍似地叨叨絮絮眉飛色舞的模樣。也許不出多少時日，記性並不挺好的德媽媽，已經完全忘了曾經拉住個東方女孩兒有事沒事就開講個大半天的這段日子；對象是誰其實並不重要，重要的是，只要有人願意充當聽眾，那麼她的冗長叨唸就變得神采飛揚；而每當我見著那一抹煥發的愉悅光芒投射她面容，心底某個角落的那塊缺憾就得以稍稍被彌補。

德媽媽，請千萬別再生病了啊！爲了繼續品賞這世間無盡美味，妳一定要健健康康的才好啊！

艾克斯島的春日探險

風呼呼地輕吹
浪啪啪地輕舞
天清氣爽
腳步聲在土石上沙沙作響
這是一場眞正的探險——

小時候很愛玩一種探險的遊戲：或在偌大的整座校園上上下下、或在自家錯綜複雜有庭園有密道有防空洞亦不乏黑暗死角的老式日本房子裡頭，吆喝同伴死黨數人，組成探險隊一支，神秘兮兮、小心翼翼地，自行設計探險路徑，有時甚至還繪製路線草圖，將前方路途全給假想成是蠻荒密林，未知的危機潛伏；大隊人馬神經緊繃、興奮莫名地朝向偉大的冒險旅程出發！

長大以後，免不了地想像力越來越衰退。童年記憶裡那些個就躲在前方不遠處的神仙妖獸、從黑暗的地下室角落奮力扳開早已生銹的神秘小門重見白日豔陽時那種近乎暈眩的錯覺，都已不知給上鎖在回憶閣樓裡第幾千幾百層去。可是那個春日，當大頭靴踩在艾克斯島不知某處的一片深林泥土上，好熟悉的一種緊綳興奮感覺突然湧現，人又重回童年時的探險隊——

在整個夏宏特省的觀光版圖當中，沿海散落大西洋上的奧雷宏島、白島以及艾克斯島，依照面積由大而小的這三顆海中明珠，是遠道而來的遊人們要想遠離大陸、破浪而出時的好去處。當中除了最近拉荷歇爾城的白島，由一座造型優美的跨海大橋像劃了道美麗圓弧般地連接了過去，其餘二島，就靠原始的水路了。

春臨大地，連最不愛動的人都要想出去走走，更何況原本就喜歡東奔西跑的。先是在某個周日，因緣際會下，與日本同學浩美在城裡咖啡館結識的當地友人——菲力普夫婦一行，趁著正好是退潮時分，開車造訪了拉荷歇爾南方一座離陸地極近、小到地圖上根本找不到的「仕女島」（L'île de madame）。在島上上山下海，攀著風化生銹的殘梯，驚險萬分的直抵斷崖之下，又硬在沒有路的半人高茂密草叢中給開出一條小徑、直探進早已荒廢的陰森監獄；而那沿著淺灘上，只有退潮才得見的一大片生蠔養殖場，更是活了這二十幾個年頭裡，完全新鮮的風景。

仕女島上全然的原始自然風情，令人在驚嘆之餘，忍不住要津津樂道一番。周一回到學校，幾個不同班的朋友們，在咖啡機前面排隊等著投幣；因爲地圖上根本沒有且從未聽聞的小小仕女島，島上幾乎一丁點兒人工破壞都不存在的自然魅力，就這麼在我們的興奮描述下，飄散在一屋子的咖啡香氣中。

但是，自己沒有車子，想再重遊距拉荷歐爾有段距離的「仕女島」，可並不容易啊！

「嘿！知道艾克斯島吧！」說話的是墨西哥人卡洛斯，「我房東先生說，艾克斯也是以原始自然風情出名的哦！跟名聲已經太響亮的白島比起來，還沒來得及給弄得越來越觀光化。聽說啊，島上某處還有一個神秘的天體營哦……」

「要是大家都還沒去過艾克斯，不如就找一天去看看吧！」有人附議了。

去艾克斯簡單得多，就在城裡老港邊的遊船碼頭上，只要是天氣好風浪平穩，船公司每天都有船開去。

原本只是幾個熟朋友在咖啡時間隨意激盪出的出遊點子，經過了整個禮拜一個傳一個的告知，竟變成本周末全校矚目的一項盛大活動了。

「你去不去艾克斯？」周五放學的時候每個人

碰面都互相問。

一早在大鐘下集合，算了算人頭，居然超過二十個。有些人聽說是彎進城門裡超級市場去採買食糧去了，晚到的人匆匆在一旁找個地方把單車上鎖，天氣清朗得見不著一抹雲，陽光無遮攔地直直灑落，比預想中要來得暖。

「不去買條麵包嗎？島上據說眞正原始，可沒有什麼店家哦！」

因爲貪睡起晚，抵達大鐘下的時候，又只興奮地一心期盼趕緊上路，根本忘了午餐的問題；等身邊同伴好心提醒時，全員已經準備要整裝出發，沒有時間去買東西了。

只好懷抱著午餐可能沒著落的危機，先上了船再說。就在即將要開船的一刻，岸上自遠處急衝過來一個小點，慢慢地大家看清楚了：這項活動的最初發起人、常自稱堅守墨西哥傳統「美德」，約會永遠固定遲到二十分鐘以上的卡洛斯，正連人帶車往碼頭直直飛馳而來！

「還以爲你昨晚狂歡過度，今個兒決定在家睡大覺不來了哩！」

「呼—呼——又睡過頭了啊！幸好幸好，總算是趕上了——」卡洛斯兩手扶著船沿，額頭上大顆大顆汗珠，在眾人調侃聲中滑落。

不太記得經過了多久的船程，載滿上百人的白色遊船，在浪花中飛速前進。左邊的前甲板，猛烈白浪瘋了似的用力打上來，船艙裡前面幾排的座位也給打個濕透。愛吹風賞景的全擠

到右邊甲板去，船上工作人員急急出來，拉出一塊透明塑膠布，上下左右密密實實以拉鍊封住，阻隔了潑進艙裡的浪，然後不忘拿塊布將濕了的座椅擦乾淨。我們就這麼坐在狂浪前頭，看它以驚人之姿打上面前塑膠布，人卻毫髮未濕。

艾克斯島不大，雖然不像仕女島般迷你，不過依地圖研判，以徒步方式環繞全島是可行的。船抵島上碼頭，明顯看見碼頭是位在海平面上一處低地，身後的全島地形高高隆起，不知道在那高地的後頭，是什麼樣風景呢？

兵分兩路。想租單車代步的一群人，往右手邊去了。包括了尚娥、麗蘭、莉蒂亞、卡洛斯、馬可和我在內的十幾個，決定徒步探險。大家只知道島上景觀極自然原始、美麗純淨沙灘無數，而對於此行將有什麼遭遇什麼發現，全沒個底。唯一牢記心頭的就是：一定要在下午僅有的一班船開之前，回到碼頭邊。

好像那股「冒險」的味道開始跑出來了！大家背起背囊，就憑直覺，左轉前進。

走了沒有幾步，感覺自己在往山坡上爬，發現置身一條視野寬廣的草徑上，一邊是山崖、一邊是遼闊大海就鋪陳腳下！深沉的一望無盡的藍色之中，小小白點是朵朵船帆。草徑的盡頭中斷在一道人工樓梯前，蜿蜒的階梯又連著一條木頭走道，一連串往下降的坡度挺大，原來我們們繞過的是座小山丘呢！這會兒來到了山丘另一頭一片平坦沙灘。

平地上仰頭望向剛剛一路走來的小丘，坡頂上兩隻雪白燈塔昂然佇立，塔身中段漆著鮮紅色的「Aix」（艾克斯島）三個大字，一片晴空下映照得奪目耀眼！

我們往島中心去，越過大片雜草叢生的荒地，眼前出現的像是個小村——一條寬闊大道兩旁，一棟棟色彩鮮麗、線條樸拙的小屋散落，粉紅色、淺藍色、鵝黃色的牆面上，是墨綠的、天藍的、雪白的、深棕的，讓主人給漆上不同顏色的厚厚窗門。屋簷下鮮綠藤蔓爬過，連灰灰陰影也成了一種色彩；牆角或有豔紅小花擺首，或者紫色薔薇齊放！想像得到與想像不到的各種色彩互相組合在一塊兒，感覺好像走進了卡通世界！

是陶樂絲歷險記裡頭的歐茲（OZ）王國？還是藍色小精靈的家呢？正在一邊獵取鏡頭，一邊想著這個問題，突然看見轉角處出現一間小小食品雜貨舖。

「我進去買午餐，你們先往前走吧！我一會兒追上。」還好，小島上還有村落，不至淪落到連麵包都買不到。

同樣什麼都來不及帶的卡洛斯、和還想再添點兒零食解饞的莉蒂亞也加入；我在店門口挑了盒鮮嫩欲滴一顆顆肥嘟嘟的草莓，進去裡頭拿了一塊圓形薄木片盒裝的白黴起司，再彎到隔壁麵包店請老闆切了半條長麵包，算是打點妥當了。

三個人拎著食物出來，又不經意地在這座迷你彩色小村裡東晃晃西看看，等想到要去追上同伴時，那些個「前人」已經不曉得走哪兒去了。

只好追循著大夥兒可能的途徑，穿出村子，面對著前方左右岔開的兩條小路，三張嘴巴討論了老半天，選了右邊可以望見海的那條。

左右分開的岔路，未知的命運和目的地……這不正是小時候愛極了的神話色彩冒險故事裡，最熟悉的情節了嗎？大堆頭的集體郊遊，到最後變成只剩下三個人，四下安靜了不少，可以聽見風呼呼地輕吹、浪啪啪地輕舞，天清氣爽，三人的腳步聲在土石上沙沙作響。

好個出遊天啊！舒爽的天然氣息中充滿冒險的刺激緊張。我們走過海岸邊平緩的長長大道，鑽進一大片既寬且深濃濃綠綠的林子裡去，小心謹慎往前方走——毫無指標的密林裡，要彎錯了方向就再也拐不回來了。陽光自高處似有若無地穿透，大片樹林到最後擠縮成一條凹凸不平的石板小徑作為出口。小徑兩旁綠葉高牆比人還高，彎來彎去豁然開朗，大海又遙遙出現眼前。

這應該是島的另外一面了吧，我們在高處，大概又一個山坡上，透過土坡邊茂密樹叢枝葉望出去，這一頭的海面上依然帆隻點點。

然後來到了一處險惡的山崖前，跳過窄路上一個積水大坑時，眼角餘光掃到十數層樓高的崖壁，心底一抽、突然幾秒鐘的微微腿軟。

接著出現眼前的是一塊巨大石頭平台。爲數不多的遊人們，三三兩兩或躺或坐在石地上，午時的豔陽自頭頂直直射來，方圓幾十尺光禿禿的石塊上毫無遮蔽。這個石頭平台，該是伸出海面去的一塊斷崖吧！在從另一頭繞下山去的路上回頭遙看，這樣的地理形態一覽無遺，證實了自己的假想。

千辛萬苦一路上跋山涉水，身上能脫的全已經掛在肩上繫在腰間，就剩一件薄薄T恤，可仍嫌熱。遠遠地在前頭的，似乎是一片無盡遼闊潔白沙灘，長長沙灘一路走著，全副武裝的大概就只有我們三個了。每個人都是最簡單的標準清涼行頭，正準備睡個日光浴午覺呢！徹底解除束縛的也有，不過爲數不多，這裡應該還不是卡洛斯所說的天體營吧！

突然聽見我們的名字被此起彼落的叫喚著，定睛一看，不遠處一堆坐臥在五顏六色一條條大花浴巾上頭的，不就是我們失散的一群同伴嗎？

「等你們好久啦！一路上回頭張望也沒有你們聲息，正在覺得奇怪哩！」尙娥一杯紅酒遞過來，幾塊浴巾中間圍出來一小方空地是臨時餐桌。大概是已經酒足飯飽的馬可、布諾兩個，脫得剩

條短褲，罩著墨鏡架著耳機，倒在一旁搖頭晃腦自得其樂。

這個午後艾克斯島上天熱得有點兒悶，吃飽了想好好打個盹兒，始終昏沈沈像是並未眞正睡去。天悶熱的下午，最容易飄來陣雨。當迷迷糊糊睜開眼，發現天色逐漸暗沉時，看看時間，也差不多得往回程出發了。

我們往海灘後頭走，穿越一條短短小街，三兩間還頗有情調的小餐館引住人視線，「時間應該還夠吧！」有人像在打著什麼主意了。「應該來得及吧？」「沒什麼關係吧！」有的想喝咖啡、有的想來杯冰啤酒、我想要一球冰淇淋跟一杯咖啡。而大家共同的需要，則是店裡的洗手間。

一夥人乒乒乓乓沉重的腳步聲，登上了小館外頭街邊頂棚罩著的木頭平台上，桌子椅子併一併紛紛入座。店裡頭趁著午後空閒正在吃飯的夥計忙奔出來，招呼這一大桌子人馬。

一口香蕉冰淇淋正在嘴裡溶化的時候，我突然遠遠望見，街的另一頭竟也是海！一邊是我們剛剛走來，才幾步之隔的沙灘，而視線之內的另外一邊卻又是海，可是地圖上的艾克斯島，就像塊小石頭一樣形狀普通，並沒有這麼細窄的地勢啊！

很多人都開始迷惑了。難道我們並不在我們所假想的地方嗎？預估中大約十分鐘即可回到上午乘船處，可是如果我們根本就不在估算中的地方，那麼，是不是可以趕得上半小時內即將開走的船呢？

大家驚慌中開始想要奪門而出，可是——「慢著！」天生馬可站了起來，搖搖手要大夥兒先坐下，他遙望著街對頭的海，往左看往右看然後沉思了半天，很權威的說，「這樣就沒有錯了。我們本來以爲回程該向左轉，現在事實上，應該是右轉。而且我們離碼頭已經很近了。」

雖然很喜歡東奔西跑天涯亂闖，但是坦白說，我是沒有什麼地理方位概念的。一直到現在，我也弄不明白，爲什麼當天我們只右轉走了沒五分鐘，就又回到了那座彩色卡通小村？在原先的構想中，我們是要徒步環島一週，然後從島另一頭回到碼頭的啊！

就好像我至今也還沒搞懂，爲什麼幼稚園裡那座老舊的兩層樓教室底下，長長地下隧道通出去的另外一頭，竟然會是隔壁大班的教室呢？

可是，每一次「探險」的過程，卻同樣地如此精彩令人難忘！不管年歲長了多少輪、也不管身邊共冒險犯難的同伴，是黑髮黃膚或者金髮碧眼亦或褐髮棕膚；原來，只要心底那個熱愛探險的孩子永遠不死，透過一雙眼去看見的這世界，就會永遠這麼有趣啊！

初夏

從 Provence 一趟遊回來已經第二周了，
沒看到最著名的薰衣草田壯麗景象，因爲季節還沒到

Provence 的天空就是得天獨厚，
當列車由西部海濱一路畫個圓弧往東南方去，
窗外的灰灰天空就眞這麼越來越清澈、終於漸沁藍，
亞維農的上空一片雲都沒有。

親愛的大家：

從 Provence 一趟遊回來已經第二周了，沒看到最著名的薰衣草田壯麗景象，因為季節還沒到，就差了那麼一點兒。可那兒天氣澄朗得不可思議，深沉飽滿的藍，讓抬頭望著的人都暈眩了。從家裡出門前，我們這兒已經飄著細細雨絲好一陣子了，事實上，近來整個西歐氣候也不穩定，氣象圖上大塊大塊雲層從來沒有哪一天完全乾淨過。可是說也奇怪，Provence 的天空就是得天獨厚，當列車由西部海濱一路畫個圓弧往東南方去，窗外的灰灰天空就真這麼越來越清澈、終於漸沁藍，亞維農的上空一片雲都沒有。

拉荷歇爾的夏季，也在進入這個禮拜之後正式展開！德莉莉說，五、六月份的拉荷歇爾，大概是一年中最宜人的時光了。下了好長好長從寒冬橫跨到早春的那場綿綿陰雨已經過去，而暑假旺季必然的渡假人潮尚未完全湧入；氣候也界於這兩者之間，不太涼不太熱。街上開始出現越來越多的觀光客和旅人，連大教堂裡都熱鬧的很，每天午後去那兒坐著的時候，經常可以遇見遊人背著相機 V8 在裡頭晃啊晃，整批的零散的都有。

今天放學回家，巴士停靠火車站前面時，上來了兩個自助旅行的德國女生，肩上的超級大背囊，擱在地上幾乎快與人齊高！她們倆計劃花兩個月時間地毯式掃遍法國義大利，巧的是，來拉荷歇爾之前，她們也才剛剛遊畢 Provence，我們甚至還在一個叫 Aix 的小城裡住過同一間旅館呢！

回校之後，是第二學期的開始，又和所有新生們一同作了一次分級測驗，試卷和頭一次幾乎一模一樣，這一回，我可是稍有概念了。和一月份的「rien」（nothing）比起來，當然大不相同，至少如今可以看懂部份試題了，不過，繼續進步的空間仍然很大啊！

測驗之後，我由第一級晉升到第四級（共有十級哩！），換了班級，老師同學也都是新面孔了。而這同時，德莉莉家裡最近也有新成員：本來德莉莉的女兒，每天一早上班前都先把愛犬送來這裡、下班再來接回去，最近，德小姐太有愛心，跑去動物之家又抱回來一隻流浪犬，我們這兒就像「托犬所」一樣，整天熱鬧得不得了！

里歐和 Pepsi（百事可樂，是德小姐最愛的飲料），這一公一母，正陷入愛河中（幸好里歐已結紮），每天兩個湊在一起聞來聞去互說悄悄話、還會親嘴呢！法蘭西的夏天，果真熱情難擋！牠們倆都是小型犬，已經七歲的里歐黃褐色，像北京犬那樣整張臉凹陷，並且五官擠在一起；新來的 Pepsi 淺灰，說是只有七個月大，有點像「陶氣阿丹」裡面，毛長長地甩來甩去，眼睛都看不到，只露一個鼻子出來聞東聞西的那隻傻傻狗。

這會兒樓下聽見德小姐載著二犬揚長而去的引擎聲，差不多快要開飯了。近來我們每天看晚間新聞，Kosovo 戰爭的報導之後，是全法各地輪流進行的各種罷工情勢（下個禮拜輪到我們拉荷歇爾的醫院罷工，可千萬別生病才好；罷工在法國之流行，已經快變成國民運動了），最後，是不見好轉的氣象報告。通通看完之後，大家只有哀聲嘆氣一番了事。真無奈。

而這個禮拜此間最大新聞，則是個好消息！德媽媽賭馬，押二十塊法郎，結果竟贏了八百五十塊！真是天大的喜事一樁！我一早起來，德莉莉就迫不及待地告訴我這個好消息。她媽媽很熱衷賭馬，每周都簽，這次可是給她中了好采頭。據說老太太得知簽中的當時，真是興奮的在地上跳來跳去呢！

好啦，下次再聊。祝

平安健康

with big love

嘉寶　02/05/99

這是入夏之後的第一場盛宴
我的朋友啊
我將不會忘記在濃濃海味腥臊中與你舉杯暢飲
也不忘記和你共舞的那一曲
空氣中煙燻燒烤香氣瀰漫
我嗅到的是你髮際淡淡古龍水氣息……

海鮮嘉年華

學校大廳中央擺了一塊大看板，前面擠滿了人。下了課從教室走出來的同學們，又一圈圈再圍上前去，大家興致昂然七嘴八舌地討論了起來。

『拉荷歇爾一年一度的海鮮嘉年華，
本周六在城外的漁人碼頭盛大舉行！
最新鮮的現捕海味，現場品嚐

有音樂、有美酒
千萬別錯過了這場歡樂嘉年華，
儘管帶著你饑腸轆轆的好胃口前來吧！』

啊哈！海鮮嘉年華？聽起來的確太誘人了！我們這些外國學生，爲了要徹底體驗當地文化、同時也爲自己的學生生活多找些樂子，平日最感興趣的就是當地大大小小各種有來由或沒來由的傳統節慶了。尤其是當這慶典還又結合了地域性有特色的美食，那就更構成了非去參一腳不可的動機了！

於是，星期六的一大早，我們這一票貪吃的「食友」五、六人，在城裡的巴士總站前準時集合完畢。這支小型美食團隊，在出征海鮮嘉年華之前，觸角早已遍及城內不少享有口碑的大小食肆。說起來，跟馬可和我相比較，莎碧、睿毅、大崎和隆志這幾個，還只能算得上是一般食家，和好友上館子嚐美食，享受歡樂友情的意義要比食物本身來的更重要；而瑞士人馬可，在性感漂亮的唇和甜蜜靦腆的笑容之下，藏著的竟是個具有卓越鑑賞力和敏銳度的、眞正美食家的舌頭。

和他在學校餐廳認識的那一天，話題很自然地就扯上了吃。懂得吃還得要有副能吃的好腸胃配合才行，老是被周遭友人調侃好吃鬼的我們倆，在一種終於找到知音的心情下從此無話不

談。馬可個兒並不高，各種美食當中的脂肪早在他身上漸漸顯影，不過他對於褲腰上頭薄衫裡面一圈微微隆起似乎並不挺在意，瞇著眼笑的燦爛時，膨膨雙頰令我想起卡通裡的麵包超人，可奇怪的是並沒有掩去了他天生帥氣。

後來回想起待在拉荷歐爾的後期，之所以體重會像吹氣球般急急直昇，跟結識了馬可這個朋友、和在他提議下所組成的非正式美食品嚐團，絕對有著密不可分的關係。

就在等待每半小時一班、由總站開往漁人碼頭的免費接駁巴士時，陸陸續續又來了許多學校的同伴們。和除了馬可之外的我大多數瑞士朋友一樣，因爲身處內陸國家，少有機會接觸海產而向來懼怕不已的莎哈與蒙妮卡兩個，赫然也在等車隊伍中——「難得有一場這麼有趣的嘉年華，去湊湊熱鬧也好嘛！」

客滿的巴士，載著大夥兒興奮好奇的心情，大約二十分鐘後，停在這座我們從沒來過的郊外小漁港前。

不得了！整個港邊已是一股沸騰的熱鬧景象。入口處象徵性的用鐵架搭起一個大門，頂上拉開幾個色彩鮮豔的大字：「歡迎蒞臨拉城海鮮節！」

走進門內，一整片港邊廣場上只見密密麻麻人潮鑽動、以及五顏六色旗海飄揚。廣場正中央擺滿了一排排長長的桌椅，從這一頭到那一頭，恐怕連大聲喊話都不見得聽得清楚；而在四周圍，就是一家接著一家各式各樣的海鮮舖了！

撲鼻的香味兒迎面襲來：當中有燻魚的味道、烤蝦的味道、白酒煮蛤蜊的味道、好像還有濃濃魚湯的味道，不行！我們再也不能等待了！匆匆觀察了大略情勢之後，我們決定採取「分工合作」的戰術，以期能夠早一點兒品嚐到這些美味的「本尊」。

分配好任務後，我毫不猶豫地擠進賣烤魚的攤子前，看見那升起了碳火的兩個大烤架上，一條條體型肥美的沙丁魚，正躺在那兒被兩面不斷的燻烤著，表皮已經有一點兒焦焦脆脆，正是一副好入口的模樣啊！那種屬於燻烤特有的食物香氣，以煙霧的形式籠罩住在場每一個人，擠在攤前的每雙眼睛都急切地盯著那些終於被盛入盤子的魚，希望下一盤送過來的就是自己的。

好不容易領到了屬於我和同伴們的烤魚，每一份除了香香脆脆的烤魚一隻，還有一個麵

包、馬鈴薯，並附上檸檬和奶油。食量一般的人，吃下這樣一盤，其實已經足夠了。而這一份的價錢，十塊法郎！不到六十塊台幣，享受如此鮮美的原味烹調新鮮海產，這種美事，好像還是生平頭一遭哩！

趕快找個位子坐下吧！回頭一看，呵！滿坑滿谷的男女老幼，早已經把那一排排座椅給填得空隙都不留一個，長長桌面上放眼望去只見正在被解決中的或是已只剩殘骸的美味；大人小孩兒扶老攜幼的、一個個大嚼痛飲好不暢快，那裡還有我們的位子啊？

「嘿！沒位子了！」遠遠也一路張望著走回來的是馬可。他手上捧著的，是一包包用錫箔紙封得密密實實的白酒奶油燒蛤蜊。「到那一頭去吧，有很多人在港口邊邊上席地而坐呢！」

好吧！也只有這樣了。我可不想爲了等個位子坐，把香噴噴的食物都給等涼掉了。

我們在那兒勉強找到一方空地，這個沒有設座位的用餐區，一樣熱鬧非常；隔壁圍坐一圈的那家人，很熱情的歡迎我們共用他們的垃圾桶——一個大紙箱。

好了，這會兒我們有馬可的白酒蛤蜊、隆志的生蠔盤、睿毅的烤鮪魚排——我還眞沒看過鮪魚切成厚厚一大塊像烤牛排那樣的烤法，不過，鮮嫩味美實在沒話說！以及我的燻烤沙丁魚。

太棒了！這頓漁港邊的海鮮大餐，雖然簡單了些，卻充滿了難得的野趣啊！

「咦，大崎呢？」「她去買酒了。」

才說著說著，就看到大老遠從臨時酒吧那一頭走過來的大崎，一手一瓶 750c.c的白酒，臉上掩不住的得意，「這酒一杯五塊錢、一瓶才二十塊，乾脆就買他兩瓶吧！這是最後兩瓶啦，後面的人想買整瓶已經沒有囉！」

「好！今天大家就來喝個痛快。慶祝拉荷歇爾海鮮節！慶祝夏天來臨！Bon appetit（祝你胃口大開）！」

來自附近「白島」的芳香白酒，在當地頗受好評；與當天現場只經簡單調理、完全保留原味的各種新鮮海味搭配，這份實實在在單純甘美的鮮滋味兒，叫我們實在忍不住要對大西洋沿岸的豐沛漁獲、和這個古老漁港的傳統海鮮節，懷抱起感恩之心！

在這裡，「海鮮」的定義就是：從大海裡撈出來的新鮮滋味兒。什麼進口的、冷凍的，彷彿是另一個世界的事啊！

算一算看，這豐盛的一餐，把人肚皮都快撐破了，嚐盡當令的鮮美，竟只花了一個人不到五十塊法郎。若有本事的話，這場「海鮮狩獵大會」當中，好獵物還多著是呢！

「不是聽說還有鮮濃魚湯的嗎？有誰要來一碗？」我的天哪！還在發育中的超級大胃王睿毅，已經若無其事地拍拍肚子起身了。看來，他早已瞄準了下一個目標啦！

現場越到午後越熱鬧，暖暖陽光終於趕走雲層，好像有點兒熱起來了。各家攤檔的吆喝聲此起彼落，廣場上大人小孩兒歡笑嬉鬧高談闊論之聲、緩緩地蒸發在空氣裡；前面小小的舞台上，樂手們不知何時已經就定位了，由手風琴拉出第一個歡愉的音符，劃破這片熱鬧滾滾的天空。

「走！跳支舞去！我們需要好好兒消化消化呢！」

「然後再來杯咖啡。」

「就這麼辦！」

我們佔據烤蛤蜊攤子旁一塊小小空地，加入了廣場四周隨處隨性翩然起舞的人們。天光正好、酒足飯飽，與知己共舞一曲，好個海鮮嘉年華啊！

小心別讓划槳的咕嚕水聲驚動了樹林深處的綠精靈
運氣好的話
也許可以在某個隱僻的綠蔭底下
遇上正要去趕赴撲克女王茶宴的
兔子先生和愛麗絲哦——

綠色威尼斯

在拉荷歐爾的近郊，有這麼樣一個地方，光聽名字就惹人無限暇思。既然暫時無緣造訪眞正的威尼斯，不如先去看看綠色的威尼斯吧！

這裡原是一大片沼澤區域，當地人家的房子都建在錯綜複雜的沼澤支流當中，對外聯絡全靠一葉輕舟。沒想到這種獨特的生活環境，竟成了吸引遊人的特殊風情。

像我們一樣，開著車在鄉間小路上彎來繞去尋找支流上迷你小碼頭的遊人還眞不少呢！

操舟漫遊在綠意昂然的沼澤林地間，波光粼粼，蟬鳴鳥叫，人隨小舟緩緩滑進深悠的綠色隧道中，彷彿正期待著一場大自然盛宴的愛麗絲，個個凝神屏息，深怕驚動了叢林深處的綠色

精靈。能夠親身體驗這般美麗情境，方才爲了找路所花的冤枉心力，好像也沒人再提起了。

第一回拜訪綠色威尼斯，是二月底的某個周末。一夥人浩浩蕩蕩租了三部小車，經過好一番折騰之後，近午時分，車隊總算駛進沼澤區中一個叫「庫隆」的迷你小鎭。

是個小小石頭城。頗具鄉土味兒的古舊房舍傍水而建，一夥人沿著河畔、踩在連日雨後泥濘不堪的濕草地上，往乘搭小舟處前進。春的氣息已然降臨，沿途人家牆內伸出來粉嫩杏花、鮮紅漿果，在晴空映照下顯得更加耀眼！

大家都很慶幸沒有穿什麼好鞋子出遊。等終於乘上小舟，每個人都有一雙泥巴鞋外加兩隻泥土色的褲管。還沒完全從冬意中甦醒的綠色威尼斯，沒有廣告圖片中那麼綠，卻別有一番意想不到的氛圍呢！

原來想像中被綠蔭覆蓋、深遠清悠的小小船道，卻是由拔天挺立的老樹枯枝給予蔽蔭；並不猛烈的暖暖冬陽、透過縫隙彩筆一揮，頓時讓眼前一切愈顯鮮亮！

這個招人遠道而來的白日夢境果眞名不虛傳，連河水都是淡淡的綠色呢！轉角處停泊的荒廢破舟、豁然開朗的眼前一片廣闊平原、橫在那兒像是誰刻意當做藝術品擺在天地之間的一隻奇特枯枝，以及這一切美景的精彩水中倒影，叫人驚嘆的忘了言語，只想靜靜細品眼前寶藏。

可是，我們究竟划到哪裡去了呢？拿出船家給的沼澤區地圖，無論如何也沒法子將圖上畫得跟道路一樣的一條條河道，和目前身處的位置產生聯想啊！

「如果不注意的話，可能會直接划到大西洋哦！」那租船的老闆是這麼說過哩！若要遨遊大西洋，我還是比較偏好大一點的船。

就這麼樣，我們第一次的綠色威尼斯之遊，先是在公路車道上迷路，然後又在沼澤河道中迷路，硬是給折騰了一整天，才風塵僕僕地回到家。

那之後過了很久，當初一起同遊的夥伴們都已結束課程打道回府去了，還留在拉荷歇爾捨不得走的我，身邊早換上另一批志同道合的酒肉同盟。

從西班牙開車北上來學法文的貝尼托，這個周末就要「學成歸國」了。他走了之後，大夥兒出遊就再也沒有順風車兼配備司機的這等好事了，可得趕快趁這之前，策劃一趟「惜別歡送

之旅」。說是想留下美好回憶，實則是比較想將貝尼托這項資源利用殆盡。

這項重責大任，便落在已在當地混了最久的我身上。

「就去『綠色威尼斯』吧！」我說，「星期五中午下了課去，晚上可以趕回來吃晚飯。」如此一來，也不至擔誤了貝尼托周六一早要上路返鄉的計劃。

爲了節省時間和經費，大家也決定不上當地河畔的觀光餐館午餐，而要來一個樹林間的綠意野餐。

於是這個周五，貝尼托、馬可、莎哈、莉蒂亞和我一行五人，興致高昂地匆匆離校，先到城外的大型超市去採買食物，吃的喝的打點妥當後，正式出發！

有了前車之鑑，這回派以看地圖爲專長的

馬可坐在前座，兩個男生全權負責讓大夥兒安抵目的地，我們三個女生在後面正好聊天聊個起勁兒，還可以順便打個盹呢！

四十分鐘後，順利抵達了位於這片沼澤區中心位置的另一座小鎮「阿荷索」。同樣位在沼澤支流旁的阿荷索，比庫隆鎮更迷你。少了許多觀光客，多了一分恬靜清悠。

五月中的綠色威尼斯，已全然地綠個徹底！觸目所及的一切，都是深淺明暗不同的綠。覆滿了水面的是圓圓浮萍，還有河畔人家栽種的長長垂柳和無盡無數綠色植物；沿岸的株株老樹，早已綠蔭一片，高高地爲我們遮擋了夏日豔陽。在那狹窄河道的深處，竟還有世外桃源般的白牆小屋，在點點綠葉後乍隱乍現；蹲在石階上和狗兒嬉戲的小男孩，顯然被我們划動木槳的咕嚕水聲給驚動，抬起一張小臉，怯怯而好奇的盯著這一船闖入者看。

當船滑近時，我們向他揮揮手，一句稚嫩清亮的「Bonjour！」就在好長一陣迷惑之後，伴隨著小小俏臉上的羞怯笑容迸出。霎那間忽然覺得，這情境，竟頗有唐詩裡頭「松下問童子，言師採藥去，只在此山中，雲深不知處」的味道呢！

我們已駛進綠蔭最深處，前方一塊凹進去的小空間正好泊船。我們拎著午餐，往大樹下那張野餐桌去。

如果說這世上有一個寧靜美麗的天堂，那八成就是這裡了。沒有五光十色的花俏，沒有人工製造的聲音，有的只是全然的翠綠，和徹底的寧靜。

我們在樹蔭下打開紅酒，拿出香香軟軟的諾曼第白黴起司和一大塊荷蘭圓乳酪，將法國麵包斜斜切片，還有風乾的生火腿、新鮮的鄉村肉肝醬，和浸在橄欖油裡的海鮮小卷沙拉。

就著微微清風，我們恣意地享受美景美食、和濃濃友誼。這一回，愛麗絲眞的找到了她夢境深處的秘密盛宴。

醉了
是因爲那一杯小小金黃珍液
是因爲古宅老屋裡一股沉舊迷離氣息
是因爲又一次要向醉人友情說別離…

莉蒂亞家的夜宴

當我們費了好大功夫，總算找著莉蒂亞家的時候，來應門的莎哈已經在廚房裡擺出好幾個嚇人的超大碗盤了。

「我們買了太多食物啦！只能祈禱大家都沒吃午飯囉！」料理台上是堆積如山的胡蘿蔔青椒各種蔬果，還有一旁兩三只巨無霸碗公裡滿滿的通心粉和義大利麵，「還有哩，在這裡！」莎哈指指正在工作中的大烤箱。

這是大夥兒期待已久的一場夜宴，是莉蒂亞的「最後一夜」。

莉蒂亞是我的同班同學，她來拉荷歇爾只待兩個月。第一眼瞧見她，最引人注目就是那一頭小波浪澎鬆鬆直蓋過肩頭和大半個後背的長長金棕色捲髮，襯著她白晰得有點兒瘦弱的細長瓜子臉兒，淡藍色大眼睛和又尖又窄的高鼻樑，她給人的第一印象是文靜而內斂的。

後來有一天下午，一個人坐在港灣邊常去的那家咖啡座，掛著耳機罩著太陽鏡正想著心事發愣時，冷不防有個瘦高個兒推著單車矗立眼前，「嘿！一個人喝咖啡啊？」

那天我們聊了很多，莉蒂亞喝了三瓶沛綠雅。跟所有我認識的瑞士朋友一樣，她只喝加了氣的水。

然後我們變成很好的朋友。比下了課偶爾會一道去喝咖啡看電影更好的那種朋友。這就是所謂的緣份吧！看起來柔弱文靜的莉蒂亞，其實完全的男生性格，哥兒們一大票，男朋友卻從沒出現過；更叫人驚訝的是，她竟是從八歲起就接受專業訓練的花式滑冰好手呢！

當莉蒂亞告訴我她準備給自己辦惜別宴的時候，我眞是嚇了好大一跳！拉荷歇爾的日子過得實在太快了，又一次要跟好朋友說再見。

夜宴在莉蒂亞家舉行。她的寄宿家庭就在我家附近，每回我們倆一塊兒走路回家，送她抵家後轉兩個彎再走十分鐘左右就到我家了。那是一幢看上去挺舊的老公寓樓房，跟同條街上每棟樓房長一個樣，窄窄的樓面窄窄的大門，原本應該是白色的外牆，卻因爲年久失修，通通變成頗有古意的石灰色。

受邀的每個同學要負責準備主人指派的物品一樣。有人帶酒、有人帶下酒開胃小點，我的任務是起司盤。至於主菜，由主人莉蒂亞全權作主。

從家裡準備要出發的時候，我們發現我的室友尚娥太辛苦了——她負責帶飲料，好幾大保特瓶的重量，提著走未免太笨重。

「不是很近嗎？我開車送妳們去！」德莉莉拿起車鑰匙就推著我們往外走。「嘉寶，妳帶路。」天曉得，結果我們這一車老小和一大堆飲料起司，竟然迷失在自家和莉蒂亞家之間的城中心住宅區街道上。

「嘉寶這個天才，天天跟莉蒂亞一起回家，竟然連人家家門牌號碼和路名都不知道，只說就在教堂前面一條窄街的轉角口上，」尚娥一進門就忍不住要跟莎哈數落她這個天才室友的路痴行爲，「結果啊，從教堂轉過來每一條街都很窄、而且所有樓房都長得一個樣兒，更要命的是，通通都是單行道，一下禁左一下禁右，發現錯了想調頭都無路可退！」

「嘿，平常我都是走路，誰曉得一坐在車上每條路看起來都那麼像？」反正總算是找到了，只是對德莉莉眞感到不好意思。「咦，他們快回來了吧？」

才說著說著，到港邊大鐘下去接其他人的莉蒂亞，已經領著客人們進門來了。

整間老宅頓時熱鬧非凡，從客廳的方向流瀉出古老歡愉的樂聲，「有什麼我們可以幫忙的嗎？」探進廚房來的是史帝夫和馬可。我和莎哈正拿著遲鈍的切菜刀跟胡蘿蔔皮奮戰，「去幫忙擺餐桌吧！」莎哈一句話打發掉兩個男生。

今晚共聚的成員不多，主人莉蒂亞不愛過份熱鬧，來的全是學校裡幾個最聊得來的朋友：因爲晒日光浴而在海灘上熟稔起來的韓國人尙娥和瑞士同鄉麗蘭、在瑞士也算鄰居的馬可、尙娥班上的德國人史帝夫、以及常常同班三個一塊兒出遊的莎哈和我。還有正好從巴黎來探望尙娥的友人德國女生莎賓。

這還是我頭一回走進這種傳統的歐式舊公寓，跟德莉莉住的花園小洋房完全不同。其他同學對莉蒂亞的家顯然也挺好奇，在整個一樓的空間裡，除了最後頭廚房的模樣比較現代化之外，華麗典雅的客廳和餐廳，簡直令人像掉進了歐洲老電影裡頭的迷幻空間一樣：暗沉柔和的燈光，襯著客廳中央的壁爐和圍著它的厚實龐大的鵝絨沙發；角落裡是一架老唱機，緩緩流出的樂音，迴盪在互相打通的兩個廳堂之間。一種魔幻的氛圍浮動著。

另一頭的餐廳，一樣的挑高設計，光芒華麗的老水晶吊燈高高懸在上頭，一面牆從地上到天花板連成一氣的壁櫃像巨人國用的。正中央是一張特大號餐桌，這年頭已沒有管家伺候了，想搆著桌上的菜，非得站起身不可。餐廳另一角是一座落地大壁鐘，沉緩的鐘擺，不知已這麼地規律晃動了多少年了。細長的後窗外，是這種舊公寓樓房典型的狹窄天井，一線天下可以晒衣服、可以種幾盆盆栽、卻偷不進什麼陽光入室來。

整個懷舊的老歐洲氛圍裡，唯一不太搭調的就是壁上幾幅東方味兒的畫作。仔細一瞧，有

細緻的日本仕女圖、還有好幾幅小型的中國潑墨山水畫呢！都是住過這兒的寄宿學生們給送的。

今晚的菜式以冷盤類爲主，講究簡單不費功夫。擺好了滿滿一桌各式涼拌沙拉、暖沙拉、通心粉、麵包起司，一切就緒後，大夥兒移往一旁只點了盞暖橘色落地燈的客廳，紛紛把自己陷入大沙發裡；麗蘭準備了色澤美麗、一打開就滿室芳香撲鼻的紅比諾，才八點，有的是時間來杯開胃酒好好兒聊聊呢！

周遭環境對人的影響還眞是大，我們這一堆平均年紀不超過而立的青年人，平時嘻嘻哈哈的說笑逗趣慣了，這會兒坐在莉蒂亞家的客廳裡，竟個個紳士淑女了起來；輕輕晃動手裡的玻璃杯，讓比諾的醉人香甜滿滿溢出，空氣中飄散著留聲機一般的沙啞音符、和陣陣輕談淺笑。突然覺得眞像置身黑白影片裡頭的豪宅夜宴、抑或是克莉絲蒂筆下的某個恐怖驚魂夜？也許待會兒，共赴宴的友人們就要開始神秘失蹤了呢！

如果把身上的牛仔褲恤衫給換上絲緞晚禮服和畢挺西服打個小領結，那股味兒就眞要跑出來了！

這頓惜別宴，可實在把大家吃撐了。一直到近午夜時，見到了夜歸的房東夫婦，我才總算明白，爲什麼他們家會有這麼多超大碗盤可以讓人不自覺的裝得滿滿然後撐個半死！

正當眾人紛紛藉著幫忙清桌子送碗盤到廚房的機會、走動走動消化一下，而莉蒂亞在忙著煮咖啡並且端出房東太太事前爲我們親手作的巨型草莓派時，隨著厚重木門被打開的聲音，我們聽見有沉沉的腳步聲直往餐廳走來。

「哈！大家都在這裡啊！」一張愉悅的大鬍子臉底下是完全不成比例的龐大身軀。因爲莉蒂亞的房東先生卡住了整個門，所以一時間我們沒看見跟在後頭的房東太太。「莉蒂亞，妳沒忘記拿草莓派出來招待大家吧！」

「我們正準備享用呢！眞是太麻煩您了，夫人！」坐在門邊的馬可眼尖，看見了大鬍子身後戴副圓圓眼鏡剪個妹妹頭一張卡通般友善笑臉的房東太太。

兩個人氣喘吁吁地脫下外衣帽子，「咚——喀吱，咚——喀吱」的走進餐廳。「咚」是腳步聲，「喀吱」是木頭地板承載重量時所發出的聲響。

「爲了歡送莉蒂亞，我有好東西要跟你們大家分享哦！」感覺很像耶誕老人的大鬍子先生，起身在巨人國壁櫃的高處，拿出一瓶金黃色的液體。

「這個啊，最適合睡前飲用了。我們倆每晚都要來上一杯才能睡呢！」胖房東夫婦樂得很，在每人面前各擺上一只小杯。

輕輕淺嚐一小口，喝！辣！是附近的「白蘭地之鄉」甘邑所產的白蘭地。開始感覺肚子裡一團火在燒。經過了餐前酒的比諾、以及漫長盡興的邊吃邊喝天南地北什麼都扯的用餐過程之後，眼前這斟得滿滿一小玻璃杯的白蘭地，好像顯得有點兒沉重啊！

不願拂逆了主人家的善意，在那一杯金黃珍液下肚之後，身子裡是熊熊火球一團，眼前卻是輕飄迷濛。

那夜後來，我只記得在門口告別時緊緊擁抱了莉蒂亞，她的長長捲髮扎得人臉上一陣癢。我甚至忘了有沒有跟她說再見。

再見了！我的好朋友，後會有期啊！

味覺和嗅覺
總與回憶扯不開關係
想是大腦裡掌管記憶的部門
設有這麼個味道儲藏櫃
不然
爲什麼童年裡那一碗豬油拌飯
總是一生中最香甜？

去「餐館街」逛逛

說起來眞慚愧。愛吃的我，半年來在這條街上來來去去不知走了多少回，美食是嚐了不少，可就沒把街名給記住。所以，咱們就暫時將之稱爲「餐館街」吧！

其實搞不好這眞是它的本名也說不定。這條位於拉荷歇爾老港邊的長長窄街，沿路左右兩邊就只有一種店——餐館、餐館、還是餐館。

因爲並不是在港口接連城中心的要衝上，而是在另一頭，需要繞過整座港灣、經過沿途一

家接著一家正對著港灣的露天咖啡座後，才會看到這條小街的入口。幾乎大半的觀光客們，都在半路上就被露天咖啡座的優雅風情給吸引去了，所以，最後會走到這條餐館街來的顧客，皆爲識途老馬。

麻雀雖小五臟俱全，這兒就像個小小聯合國似的，法國、西班牙、義大利、希臘、美國、日本、印度、中國、東南亞；甚至埃及及中東菜，都可以在這兒找得到。這大概也是此街之所以會在我們這所全是外國學生的學校裡如此知名的原因了，有些嚐到了家鄉味兒，感動得痛哭流涕的同學，甚至會主動替店家在校園裡發名片拉廣告哩！

在一位原籍以色列的瑞士同學帶領下，我們曾在街上一間不起眼的正宗埃及小館裡，嚐到了包括整條酸辣鮮魚、沙拉、鹹鹹香飯在內的全套埃及大餐，餐畢來一杯濃濃薄荷熱茶，眞是一大享受。

而「四個士官」餐廳裡，挑高樓中樓式高雅清幽的用餐環境也令人印象深刻；在那裡，地板鋪上了白色大理石、處處花木扶梳，充滿庭園綠意。置身這般典雅華麗的空間，享受侍者無微不至的服務、及道道精美的套餐，感覺彷若來到了鐵達尼號頭等艙的晚宴之中呢！如此高檔享受，也不過付出區區九十元法郎，講究的烹調與合理的價格，使得法國眞眞正正成爲永遠的美食天堂！

在法國吃歐陸菜很難令人失望，可是，中國菜就難說了。

這條餐館街上，也有兩家中國餐廳。某天拗不過同學們的請求，硬是要我這個老中帶隊，上當地的中餐廳去吃一頓，想看看眞正的中國人怎麼點菜吃菜。於是，本來就不看好國外中餐館水準的我，也只有破天荒頭一遭在異鄉走進中國餐廳。

這家據說在當地頗具口碑的中菜館，大概是因爲當地實在沒什麼華人，一直相安無事地、也不怕會被拆穿，冒充是中國人的老闆兼大廚一家人，講的根本是泰國話——這種情形在海外非常普遍，憧憬東方文化的可憐顧客們永遠也不會知道，日本餐廳裡的可愛日本女服務生實際上是台灣女孩、中國餐廳裡掌廚的中國老闆其實是泰國人，連夥計都從越南寮國來的。

不過對他們來說，這情形大概也無傷大雅。當天我的異國友人們，還是興致挺高昂地、把滿桌濃濃勾芡食之無味、名實不幅的「中國菜」給一掃而空。不忍掃了他們的興，我對這間「中國餐廳」並沒有什麼批評。至少，一碗白米飯倒是貨眞價實久違了的家鄉滋味啊！

可是，看在維護正宗中華美食的份上，而且自己又不是身在異鄉沒中國菜吃就會失魂落魄的那種人，所以，這條街上的中國餐廳，我們就暫且把它跳過吧。

還是來聊聊這兒比較有意思的館子。

我最愛的是以海鮮爲招牌的「安大海」（ANDRE）。這間館子很好找，華燈初上時拐進街口，往右手邊看，熱鬧滾滾座位最多人也最多的那家就是了。而這安大海眞正店如其名，除了食材新鮮烹調味美之外，該店最大特色就是——大！

若是來晚了又沒訂位，坐不到面臨港口堡塔、視野一流的露天區，也不用太難過。因爲往門裡頭一進去，龐大而錯綜複雜的餐廳內部，佈置得趣味橫生的一間間不同主題用餐區，航海廳、古典廳、皇家廳，小木屋廳，不管坐在樓上樓下哪一廳，都是奇妙趣怪的用餐經驗。可即使餐廳大的像迷宮，每晚還是照樣客滿！晚到的客人無法相信如此龐大的餐館數百座位，竟沒有自己容身之處。然而事實就是如此。

六月初的一個仲夏夜，我們一夥十餘人，浩浩蕩蕩地入座一周前早已訂妥的露天席位，藉著歡送瑞士同學馬可之名，齊集一堂，準備大吃一頓。這晚，我與馬可及日本同學隆志，組成了一個「共食金三角」，三人合點包括了前菜、主菜、海鮮、肉類、飯類在內的各種美食，什麼都嚐到了，花費卻有限，三個人得意的不得了！

我們的這頓夏夜饗宴，先從兩打肥美鮮蠔開始。來自當地白島的三號生蠔，擠上一點點檸檬汁，整顆蠔肉送入口中，那鮮甜味、攙點海水的鹹味，一直到滑入喉頭，還口齒留香；這樣的鮮蠔，令人完全忘了海腥味為何物，只忙著讚嘆造物主竟在海洋灑下了如此奇珍！也不能怪馬可這個愛吃鬼要扮小人在先：「喂！一人八顆，可不許多吃哦！」生蠔盤一上桌他就緊張得如是聲明。

等到一大平鍋的海鮮飯給擺在我們三人中間，氣氛更是達到最高潮！在那金黃鬆軟香氣撲鼻的米飯當中，是味道香甜的蝦蝦頭、螯蝦、甜蝦、墨魚和硯蛤等等海產，無可挑剔的新鮮品質及完美火候，直叫人芳心大悅！當然我知道這海鮮飯的正宗產地在西班牙，但說句良心話，「安大海」的海鮮飯，是至今最令我難忘的。

在這之後，事實上連我們自己都不曉得，咱們這「金三角」是怎麼辦到的？我們的胃居然還能夠騰出空間來，又把精彩的主菜「小藍莓鴨胸」給連汁一塊兒掃個精光！

那肥嫩多汁的鴨胸肉片，被調理得恰到好處，呈美麗的粉紅色，以酸酸甜甜的小藍莓汁為佐，先細細咀嚼，然後香滑順口的吞下肚去，叫人幸福得都說不出話來了！可是，「妳可別把藍莓 sauce 通通倒進自己盤子裡了啊！要留一點給我啊！」像這樣緊張兮兮邊吃還邊監視別人舉動的，又是馬可這個傢伙。

「大胃王金三角」一行，終於在侍者熱情地送上甜點 MENU 時，宣告投降！帶著滿足飽脹的胃，大匹人馬起身，緩步移往斜對門同條街口上的南美洲巴西酒吧去。往門口悠閒舒適藤沙發上的軟墊裡一陷，想來杯飯後酒或咖啡，都悉聽尊便。

微涼夜風送爽，在我們背後的，是夜色中被燈光探照的金黃耀眼的聖尼古拉堡塔，塔頂上紅白藍三色旗在暗夜中依然精神飽滿地張揚著。

這是馬可的最後一夜了，而當時的我，也將在不到兩周後告別拉荷歇爾。微醺的氣氛中飄蕩著離情依依，那時候我已經知道，往後必將永無止盡地深深思念著拉荷歇爾、以及這條承載了許多美食記憶的「餐館街」。

幸福就是
一個人在異鄉的母親節
不必慘兮兮躲在棉被裡哭著想媽媽
給遠方的親娘開開心心掛個電話
還得快去街上張羅禮物
趕著在這天結束前給送上呢……

親愛的德莉莉

五月的最後一天是法國的母親節。韓國室友尙娥給德莉莉送了一份小禮物，隨附的卡片上寫著：「您就像我在法國的媽媽一樣，在這異鄉讓我感受到無微不至的溫暖！」我送的大把鮮花中，則插著自製的小卡片：「獻給一位最美麗最可親、就像我媽媽一樣的女士——佳節快樂！」

結果，惹得德莉莉是又哭又笑——她先是感動到不知所措，手忙腳亂的不知該先拆禮物或是先看卡片，一邊忍住眼淚別過臉去，嘴裡喃喃唸著：「怎麼大家都這麼好……大家對我眞好……」；可是等到讀了我的卡片，她突然瞬間恢復了慣有的大笑，邊跺腳邊狠狠狂笑一場之後，說：「嘉寶，『佳節快樂』拼錯了，妳寫的是『假節快樂』！」這種簡單的單字都會拼錯，而且還是寫在送人的卡片上，我雖然也覺得很好笑，但其實眞想找個地洞鑽進去；站在一旁的尙娥，早就笑得比德莉莉還大聲了！

這就是我們在德家的生活寫照：無時無刻充滿歡笑——事實上，我認爲用「爆笑」一詞可能會更貼切。

德莉莉的幽默樂觀，彷彿與生俱來。任何悲歡喜樂大小事，她都能用樂天的眼光加以詮釋、一笑置之，有時甚至頗有「冷面笑匠」之風。

我剛來時大字不識一個，每天的三人晚餐桌上，是我快速吸收生字及會話句型的最佳良機，我常戲稱，我一共有四個法文老師：除了學校的兩個固定班級老師之外，德莉莉及同住的室友，其實才是鞭策著不斷進步的最大功臣！

頭一個月，我每天晚上帶著字典和紙筆下樓吃飯，在晚餐的聊天會話中，把握每一個機會學習最基本的日常用單字，而德莉莉隨機舉例的精闢詮釋，每每讓我們在一陣大笑之餘，對該生字的用法立刻心領神會。

有一回講到付錢的「付」這個動詞，德莉莉舉例說明：「比方說妳們兩個住在我家，所以妳們要『付』錢給我！」一邊還作勢伸出手來向我們要錢。即使法文程度零蛋如我，經過這番精準淺顯的解說，也很難不牢牢記住如何「付」錢啊！

又有一次說到了一個字「regolo」（有趣好笑的）之意。德莉莉指指德媽媽那扇門的方向，「像我媽媽就很 regolo。」講完自己先拍桌子大笑了起來，簡直一針見血！從此，舉凡遇到任何有趣好笑的人事物，我腦海中第一個浮現的就是這個字、以及德媽媽那張喜趣眞樸的面孔。

其實早在初來乍到的第一天晚上，我已經知道，親切熱心的德莉莉，將會是我學習法文的一大幫助。那天吃過晚餐後，她帶著我一同前往市郊的機場，去接從巴黎飛抵的瑞士室友。國內線小飛機誤點大概是常有的事，雖然已過了時間，大家仍氣定神閒的坐在小小大廳中等候。

德莉莉逮住良機，反正在那兒坐著也是坐著，她開始很努力的想傳授我「法文初級第一課」：先從春夏秋冬四季、以及一年十二個月等最基本的實用字彙開始教起；誇張的比手劃腳加上她的大嗓門兒，頓時我們倆成爲全部人注目的焦點！

而她卻絲毫不以爲意地，並且要我跟著她的大聲朗讀、把每個生字複頌一遍。於是那天晚上全機場的人都知道這位老太太帶了一個完全不會法文的東方女生；而我也知道，往後跟德莉莉一起的生活，將不會感到寂寞。

但我一直到很久以後才曉得，原來，德莉莉的幽默樂天，並不是天生的。而且，除了開朗耍寶的一面之外，她溫柔細膩的另一面，同樣令人印象深刻。

第一次看見她的落寞神情，是某天當她談到她的「丈夫」——在離婚整整二十年後，德莉莉仍然稱其為丈夫，而不是前夫。

每次聽德莉莉談起前夫的種種，我們都可以感受到，她仍然深愛著前夫，可是同時又恨。就和大多數不幸的失敗婚姻一樣，這個故事一點兒也不新鮮，丈夫愛上別的女人，跑了。

德莉莉每回提到她的「丈夫」，都不免神情落寞、一副悵然若失的模樣，但有一回卻例外。

「我的丈夫呀，小氣的要命，從小給兒女買玩具都會斤斤計較。我看他這輩子最不甘心的事，大概就是按月付錢給我了。」

「他到現在還按月付錢給妳？」

「那當然！他不付的話我可是可以去告他。」講到這裡，德莉莉黯然的臉上出現了一絲光采，「而且妳知道嗎，如果今天他突然掛了，他現在那個老婆還是得繼續付生活費給我；就算連他老婆也掛了，他們的小孩還是得繼續奉養我哩！」

這聽起來簡直像天方夜譚！尤其若拿來跟台灣充滿缺失的現行法律比較，這麼說起來，法國簡直是失婚婦女的天堂啊！

原來，德莉莉因從當年離婚至今都沒有外出工作、也沒有再婚，種種因素令她在贍養費這方面佔盡優勢，連房子都是前夫給的。丈夫跑了，卻還得心不甘情不願的付一輩子贍養費，這大概是唯一能令德莉莉感覺心理平衡的一件事了。

而其實，丈夫變心離家，還不是德莉莉人生中唯一的變故。

一天夜裡我們看電視，正在報導一個復健中心，專收容一些身體神經嚴重受損的傷殘者；

這些人大多是本來健康正常，因爲滑雪或撞車等嚴重意外導致傷殘。我們看了眞覺不忍，德莉莉輕嘆了一口氣，

「唉，這就是人生啊！有時若不試著輕鬆看待，人生還眞難過。不過話說回來，這些人雖傷殘，至少還活著、還能看見所愛的人，」她的語氣淡然而平靜，就像只是在述說一件很久以前發生的故事。「哪像我兒子，好好一個人說走就走了。算算居然已經十年，大孫子今年都十六歲了，這孩子六歲就沒了爹……」

我望著身旁的德莉莉，突然覺得，這位嬌小的女士，擁有我所難以想像的堅強力量。也就在那時，才總算弄明白了，明明就只一個未婚女兒的德莉莉，是打哪兒蹦出三個清秀靈巧的乖孫子。

更訝異的還在後頭。原來，除了十六歲的長孫和差兩歲的弟弟之外，那個鼻頭上架著副厚厚鏡片、說起話總搖頭晃腦，一張俊俏臉蛋兒眉宇之間頗具小大人架勢的九歲老三，和德家本已沒有血源關係。

「是兒子走了之後不久，媳婦兒和現在同居的男友生的。」德莉莉刻意壓低了嗓門兒，三兄弟中因年紀小而最愛到奶奶家來膩著她的小文森，正隔著一扇門坐在廚房裡，在電視機前聚精會神於德莉莉給他新買的任天堂遊戲卡匣。

我眞愛這位女士。並不只因爲她面對人生的堅強態度、或者是她常常帶給大家歡笑。和這

世界上每天爲了生活奔忙、處處精打細算懂得考量的大多數現代人相較，德莉莉並不算見多識廣，她只是個單純的鄉居婦人，畢生待在自己所熟悉的疆域，用孩童般赤誠簡單的心思、和只懂得無私付出的愛，築成了她的世界和一切！

我永遠都記得，剛抵達德家兩周時，接到了台北傳來祖父病危的消息。火速訂了第二天回台的班機，我在清晨六點離開德家，前往巴黎去搭飛機。

坐在火車上，集疲倦、焦急、傷心於一身，有點兒無力地打開了臨出門前德莉莉匆匆塞給我的一大袋早餐包，沒想到，當場眼淚就不聽使喚的掉了出來：那裡面是一個蘋果、一顆奇異果、一盒優格，和一個德莉莉親手作的火腿三明治。德莉莉知道我喜歡在早餐吃點水果，不只如此，那顆奇異果還十分細心的以刀剖半免得人無從下口，她也沒忘記爲那盒優格準備一隻湯匙，甚至還附有擦手用的餐巾紙。

她是幾點鐘起來準備這包早餐的呢？或者是前晚睡前特別爲我做的？即使當時語言不通，我也已經從這份早餐包裡，收到了她眞切的關懷和毫不保留的愛。

從此以後，在住在德家這段期間的多次旅行當中，早已習慣了坐在火車上啃著「德莉莉愛心三明治」。親愛的德莉莉，其實我想要告訴妳的愛和感激，何止遠遠超過那張寫錯了字的卡片的千倍萬倍啊！

看見過歲月的腳步
在餐桌上無聲流逝嗎
每晚的儀式是大同小異的
而那些共處的瑣碎時光啊
在橄欖油的清香與新聞播報員的擲詞鏗鏘中攪拌
竟烹成了一道不腐壞的佳餚
久久之後再想品嚐
滋味兒一樣地鮮——

三人晚餐桌

桌上總鋪著德莉莉喜愛的印象派大朵大朵花兒的鮮麗桌巾，白天的時候，會有一只玻璃瓶插上數枝鬱金香在清水裡，或者一盆翠綠帶著嫩紅的盆栽給擱在方桌正中。

在這間以淺淺鵝黃和鮮嫩綠意佈置著的小小起居間裡，面西的窗外是德家花園，白天灑進明朗日光、到了傍晚後轉為昏黃絢麗的餘輝；與窗旁牆角的電視正對著的，是起居間裡唯一一張沙發，在入夜後，搖身一變為德莉莉安眠的小床。而另一頭，靠著一面牆擺著的，就是我們的三人晚餐桌。

三人晚餐桌，自然是因爲晚餐總是三個人一起享用。德莉莉與我之外，這一百八十頓晚餐當中，第三位成員，從瑞士人桑塔到韓國人尙娥，中間還有一個笑容靦腆的瑞士護士夏奈特，她同桌的夜，用手指就可以算完，只有兩個禮拜。

我們通常在七點鐘開飯，不過，老小一家人很隨性的。有時候德莉莉忙著在花園裡和鄰居聊天，這一開講，總要講到日落西山，實在餓著的話，下樓來自己先啃塊麵包也沒有什麼關係。有時候我們給耽擱在出遊的歸途上了，打個電話回家，八、九點才開飯也不是沒有過。

在德莉莉朝著樓上一陣「咕咕」叫聲後（我不知道這麼叫含意爲何，不過電視劇中倒眞常有大人這樣叫喚小孩），走道裡木頭樓梯上咚咚急促腳步聲，下來的是食客兩名。三人合力抬起我們的晚餐桌，把它稍稍挪到起居間的正中央，再拉起桑塔、尙娥那一邊的桌板，讓桌面更寬敞，好了，準備就座開飯了。

在所有菜色上桌之前，已經擺著的是紅酒及一大瓶礦泉水，還有麵包一籃。接著出現的，是油淋淋鮮嫩嫩拌著橄欖油的綠生菜，有時候在這樣固定菜式之外，還會另有一碗切片蕃茄或是我最愛的紫甜菜切成方塊加洋蔥——也全拌上香香的橄欖油。

主菜上桌，德莉莉的創意菜色不少。最叫座的是一道「蔥烤鱈魚」，還有每個禮拜總會出現一回的「火腿奶油起司焗通心粉」，那上面燙嘴的厚厚一層起司，咬起來還會嘎吱作響。最令人絕倒的一道，我給它暫名叫「起司烤蛋」：將水煮蛋切半，排滿在盤內，像起司焗通心粉那樣，鋪上起司放進烤箱去烤，完成！

這是法式創意料理嗎？老實說，來法之前，我對此地伙食供應的期望是很高的，這裡是美食之國法蘭西啊！第一個晚上，我與德莉莉一塊兒啃著大片豬肉火腿配麵包的時候，心底眞著實傷感了好一陣子。德莉莉不愛鑽研烹飪是事實，不過後來慢慢發現，她在收了我這名大食客之後，手藝竟漸精益求精也是事實。畢竟，食客的熱烈反應，永遠是廚師的最大鼓舞吧！

入夏之後，室外花園的功用多了起來，園裡一座磚窯烤爐，經常在晚餐桌上爲我們送來陣陣串燒烤肉香；第一回，當我滿懷感激的邊大嚼烤肉、邊告訴德莉莉，我的最愛正是燒烤食物時，她開心的回以「呵呵，我看妳什麼都愛吃呢！我最喜歡妳這種房客了啊！」

是啊，雖然德家菜色與理想中的法國美食有滿大的差距，可是隻身在外，有人照料伙食已經很不錯了，又有什麼不能吃的呢！而且，德莉莉重尚自然的簡單烹調，習慣了之後倒也覺得別有風味哩！

晚餐裡其中一處精彩的重點是餐酒。出身波爾多的德莉莉，從小喝葡萄酒長大的，對酒自然別有鑑賞力。而其實，我們不崇尚名酒的，第一次在自己杯裡嚐到了滋味很喜歡的紅酒時，我下意識地拿起桌上酒瓶研究一番，沒想到德莉莉卻連忙搖手，告訴我們「不不不，那個不是這個啊！」什麼？哪個不是哪個啊？原來她的意思是說，酒瓶裡的酒跟瓶上的標籤不是同一回事。

爲什麼會這樣？嘿！原來，每晚餐間當作飲水一樣絕不可或缺的紅酒，可都是德莉莉自備空瓶、從巷口那間酒窖的「酒」龍頭裡接出來的哩！二、三十隻龍頭上，標示著酒廠品名，識貨者自己挑選，裝滿帶走。便宜經濟選擇又多，750c.c.裝一瓶，一家三口可喝兩個晚上。每逢周末夜或是親友來訪共餐，德莉莉還會拿出當地特產的紅、白比諾甜酒來作開胃酒。算起來，我在這大半年當中所飲下肚的各種甘露好滋味兒，恐怕早遠遠超過了過去二十幾年的總合。

我們的晚餐，另一項不登傳統美食大雅之堂的就是，我們老是邊吃邊看電視，拿晚間新聞來佐餐、拿綜藝娛樂節目來配甜點，一頓飯三個人嘰嘰喳喳之外，還有電視裡面七嘴八舌好不熱鬧。老實說，每晚這段端坐「機」前的時光，對我初期言語不通的慘況，不可謂幫助不大—

—有活生生的畫面呈現眼前，再輔以德莉莉與桑塔你一言我一句的熱情解說，剛開始的法國生活，語言雖然無法溝通，但和整個世界可一點兒也沒脫節。我知道約旦總統過逝、柯林頓的醜聞還沒完、瑞士山村雪崩死了很多人……對隔天的天氣也很有概念，出門從不會穿錯衣服。有時候晚上演一些好片子，我們把飯桌收拾好移開，直接挪往長沙發去等著好戲上演。德莉莉喜歡把燈光調暗，整個人狠狠「陷」入沙發裡頭，把腳擱在矮茶几上，用最舒服的姿態、享受飯後的「夜光電影院」。她一個人陷在那兒還不夠，非要我們一塊兒陷，看大家都把雙腳斜斜懶懶地擱在茶几上了，她才高興。這張不算太寬的沙發，正好三個女生肩並肩靠著舒舒服服，要來了個個子稍大些的，還眞不夠坐。

如果沒有電影看，我們就賴在飯桌上天南地北直到入夜。尤其這兒夏天天暗的晚，到後來，經常外頭還一片明亮，我們就已經連甜點和餐後起司盤都吃完了，可是等起身回房歇息時，卻已是滿天星斗夜空深沉。

晚餐後的餘興節目花樣是很多的，我們最愛的一樣，就是把德莉莉當免費家教，拿出學校法文課的教材，來一一請教討論。桑塔拿來自己寫的一封信請德莉莉批改指正，是爲了即將來臨的法文檢定筆試所做的練習，結果，對寫作頗有心得、一向講究文法使用與起承轉合的德莉莉，不但拿隻紅筆，把桑塔的整封信給批個滿江紅，遇到寫得不通可笑處，她還毫不留情地給予大笑一番；後來桑塔檢定考試果然考最高分，可是，在那之前，她的自尊心恐怕已經小小受到打擊。

我呢，「德莉莉女士，明天有指定的訪問功課要作，對象是隨意的當地居民，可是好懶得早起去作訪問呢！就訪問妳好不好？」這樣也行。而且這位受訪者的態度，可比那些街頭隨機抽樣者要認眞的多了呢！

一天晚上吃飽喝足後，也忘了是誰提議的，忽然大家決議，每人都要表演自己國家的「香頌」一首。被推派打頭陣的我，只有搬出了每回當他國友人要我表演中國歌時，我的一○一首名曲：月亮代表我的心。這首歌又簡單又好唱，而且最具有代表性了！她們兩個陶醉不已，在一片安可叫好聲中，桑塔也秀了一曲頗有朝氣的德語民謠；等輪到愛唱歌的德莉莉，可不得了了，一曲濃濃民謠風的「聖母院大教堂」是她的最愛，唱到欲罷不能之際，她乾脆搬來錄音機擺在飯桌上，放卡帶教我們倆一起唱，還附有詞意解說。於是那個晚上，曲調高昂婉轉而優揚的「聖母院大教堂」，就這麼一遍又一遍的、有點兒走音的，被三個發了瘋似的女人大聲朗唱，從我們的小小起居間裡，透過半掩的窗，在冰涼夜色中飄盪……擴散……

不曉得爲什麼，德家「三人晚餐桌」上的種種細節和印象，我始終記憶深刻。一天在家裡剝著媽媽做的茶葉蛋時，突然想起德莉莉那道天才的「起司烤蛋」，不知道此刻正端坐桌前、深陷一片濃膩蛋香中的，又是來自何方的食客呢？

懷念的味道是什麼
問問你的舌尖心底一定曉得
我的　是一抹淡淡粉橘色的甜蜜
一　不小心還會流到手心上
有一點兒黏黏的……

草莓密瓜比諾冰淇淋

喜歡吃義大利冰淇淋嗎？就是那種裝在一個個長條形鐵盒子裡、五顏六色七彩繽紛排在一起，而且每一種都有個誘人名字的；它們香滑柔潤，不像傳統的冰淇淋那樣有點兒ＱＱ硬硬需要挺費力的從鐵筒裡一球球給挖出來，有時候還因爲奶味兒太厚重叫人直發膩。

每次站在義大利冰淇淋的玻璃櫃前面，總是直盯著玻璃後頭那兩列直直排開至少有二、三十種的瑰麗色彩發愣，每一種顏色都是那麼地符合其所屬的名稱：淡淡的粉色是粉紅玫瑰，揉合了一點兒奶白、彷彿可以聞到奶香味兒的翠綠色是綠茶口味，橙黃交融的暖暖滋味兒是墨西哥日出；更不用提那深淺程度不一的可可色：它們是卡布基諾、白蘭地咖啡、魔鬼巧克力、牛奶杏仁巧克力。

在過去，對我而言，每一次的選擇都很艱難，我眞的不知道今天到底是要嚐嚐已經想了很久但一次也沒試過的小藍莓口味，或是選上次吃了喜歡得不得了的冰糖栗子？對像我這樣一個愛吃又總喜歡嚐鮮的人來說，點一球冰淇淋，的確不是一件可以輕易搞定的簡單事兒啊！

可是，這個情形，就在我在拉荷歐爾遇到了草莓密瓜比諾冰淇淋之後，徹底的改觀了。

其實我應該稱她爲「草莓密瓜比諾沙碧（SERBET）」會比較傳神。在所謂的義大利冰淇淋的家族裡，主要就是冰淇淋與沙碧這兩者之分。前者加奶，後者不加。自己好像一向比較偏好沙碧，覺得較清淡，雖甜卻一點兒不膩，尤其是在飽餐之後，來一球水果口味的沙碧，迎面微風徐徐，最能夠帶給人幸福感的，大概就是這類事情了。

這個令我從此只願忠於此味的草莓密瓜比諾沙碧，到底是怎麼一回事呢？這就得要先談談關於拉荷歐爾老港邊，正對著港灣的那長長一排咖啡座旁邊一條叫做「du PORT」（港口）的小街。

這條街不長，不超過三百公尺，街的一頭是老城徒步區中心一塊小小廣場，四周有包括了

流行女裝、紳仕用品、糕餅點心等等各種吸引人購物慾望的店，在天氣好的午後或星期假日，賣藝的、畫畫的、賣烤栗子的小販們也會紛紛聚集在這裡；街的另一頭則通往港口，那是拉荷歇爾的靈魂，是她的心臟所在。

也就是說，不論是想到港邊去喝一杯悠閒的露天咖啡，或者是要從港口方向進城去，取道這條就名爲「港口」的小街，是再自然不過了。賣「草莓密瓜比諾沙碧」的小舖，就位在這條總是人來人往、本地人及觀光客絡繹不絕的小街上。

其實，在這條街上一共有兩家冰淇淋舖子。街口的那間，是附設在名爲「冰川」的露天咖啡座旁：這名字看了就令人聯想起盛夏酷暑中來一口冰淇淋的那種痛快滋味。他們的 MENU 上有各種花式冰淇淋及聖代，圖片相當誘人，但一客近四十法郎的價錢卻會令人打退堂鼓。如果不想花大錢吃冰，只要在店家附設的冰淇淋櫃花九法郎買一球冰淇淋，照樣可以坐在拐個彎面對港口的舒適座位上，擁抱拉荷歇爾醉人的港灣美景，享受悠哉的一刻。這對來自各地的觀光客、以及像我們這樣的窮學生來說，自然相當有吸引力。

但我們畢竟不是只停留個三、五天的觀光客。日子久了，甚至不用朋友之間的口耳相傳，自己就慢慢發現了，原來再往裡頭走幾步的另一間舖子，那裡除了放冰淇淋的玻璃櫃和櫃子另一頭的製作場地之外，連個坐位也沒有，更別提什麼露天雅座了，可是，他們有眞正水準一流百吃不厭樣樣都美味的冰淇淋。

我只是愛吃，算不上懂得冰淇淋的學問，卻也能發現這兩家舖子所賣的冰淇淋差異眞是明顯。舉個例子來說，街口靠港邊那一家的冰糖栗子口味，入口除了濃重的奶味和甜味之外，我的味蕾找不出任何曾有栗子參與製造過程的痕跡；但位於街上的這一家，卻能夠讓人在回味口中濃濃栗子香之餘，還眞能嚐的出那甜味是來自於冰糖，而不是任何其它的糖。

至於已經提了許久卻一直還沒有好好介紹的「草莓密瓜比諾」，實在不是故意要吊人胃口，只因爲現在每當一提到關於冰淇淋的話題，我就會不由自主的一再提起這個名字，並且一邊想像她在口中慢慢溶化的滋味。我相信，這種口味一定是那家小舖的創意作品，因爲從來沒有在其他任何一間舖子看見過。

事實上，若是離開了拉荷歇爾所屬的法國西部沿海夏宏特（CHARENTE MARITIME）這個省之後，也就根本不可能找到這種口味的冰淇淋了。因爲，香醇甘美的比諾（PINEAU）甜酒就只產在該省。這種當地著名的特產酒，有人偏好白比諾的芳香清甜，我則最愛紅比諾的濃郁醇美。

把草莓和密瓜這兩種甜蜜的水果，再加上當地特產的比諾甜酒，所有滋味以不可思議的均衡，巧妙地融合在一起。在甜得恰到好處的水果香及彩虹般美麗柔和的淡淡粉橘當中，還有微微地酒香叫人無法忽視。在我對拉荷歇爾的記憶當中，每次總會浮現這麼一段：漫步在古意盎然的石板窄街上，不經意地駐足一間間商店櫥窗前，手裡握著一只甜筒，口中充滿草莓密瓜與比諾酒的香甜。這滋味兒，大概就是一種屬於懷念的味道吧！人是最喜歡去緬懷那些簡單卻不可再求的幸福了啊。

衝鋒48小時

與你一同衝鋒陷陣的48小時
在記憶中永遠鮮活
伴著你的飛揚笑容
和耳際聲聲尖叫——

大鐘樓上頭高高橫掛一條布幔，寫著：「卡娃卡得！」除了CAVALCADE這幾個大字之外，一旁小小的阿拉伯數字，顯然代表的是時間日期。

六月六號和七號，不就是這個周末嗎？當下翻出字典一查，「卡娃卡得」，字面解釋不只一個，共同的含意，則不脫奔湧、急衝、激流等等極高速的動詞；突擊似的衝鋒、急速下的竄流，都很接近詞面上的意思。我抬頭再望了望那幾個白底鮮紅色的大字，塑膠布幔被高處的風吹得微微揚起，突然感覺周遭熙來攘往平凡的空氣當中，有一股不尋常的氣息正悄悄醞釀著。

這之後的第二天和第三天，整個城區裡裡外外、尤其是休憩重地港灣邊上的空地，陸陸續續地進駐了一批一批的機械怪獸。這些閃著金屬冷光的傢伙，大部份給封擺在大貨櫃裡或者蓋在塑膠布底下，從顯露在外的部分，隱隱約約看見了張牙舞爪的粉紅色大章魚的一隻腳、流線形小飛船的半個身體、幾塊巨型板子上似有鬼魅正陰森森微笑著，這之外更多的，是一大堆冷冰冰硬梆梆的鋼鐵支架和看不懂的機械工具；這隻怪獸兵團，盤踞環繞整座港灣，醜陋零亂的無法言喻，將向晚的瑰麗雲彩、給吸進了它們不見底的肚裡去。而人們視若無睹，大人小孩兒走過，臉上似乎還帶著些奇異的愉悅。

星期五的下午，放學進城，從巴士車窗外，看見了港灣邊難以置信的景象：那些突兀的鋼架鐵條、猙獰的機器怪獸，這會兒已經全部就定位公開示人，它們所組成的，竟是一座熱鬧的露天樂園！

就在聖尼古拉堡塔的前方，一塊巨大的四方形金屬板被斜斜撐起，一整面五顏六色的幾何線條看得人頭暈眼花，上面四個一排的座椅，已經很明顯是給膽大者享受快轉暈眩之樂用的。在這塊大板子的不遠處，一個機械樂園裡該具備的其他「刑具」也已完全成形。把人關在鐵籠子裡給高高盪起、再360度轉回來的；大家排排一整列坐著、一樣360度繞圓圈把你舉到高處看風景弄得肚子一陣癢；當然，用來撞個痛快的機械碰碰車，會飛快轉圈圈同時左搖右擺讓人失去地平線的「宇宙飛車」，大人小孩兒都愛的抓娃娃機等等各種遊戲機器，全部一樣不缺。鬼屋門口齜牙咧嘴的一群鬼魅，光天化日下看著、好像也不怎麼可怕了。

哈！原來是這個樣的「卡娃卡得」啊！好玩好玩，到時候可要呼朋引伴一塊兒去「衝鋒」一番，給拋上半空中去盡情尖叫、射BB彈勇猛奪獎品。一邊這麼想的同時，卻也產生了疑惑；說是拉荷歇爾城年度盛事之一，與夏季音樂節和國際電影節齊名的「卡娃卡得節」，難道就是搭個兒童樂園給人玩嗎？

「當然不是啦！」德莉莉笑得眼淚都出來了，「所謂的『卡娃卡得節』，最精彩的重頭戲，就是化妝花車隊伍的全城大遊行啊！這樣的傳統街頭化妝派對，是哪一年開始的？已經不可考囉！總之，每年都差不多在初夏時分舉行，小心啊，這些人玩起來可是很瘋的哦！」

龐大的遊行隊伍，將於周六晚上，在夜光中以閃亮炫耀之姿，從火車站前出發，繞經整個港灣圓環，然後從大鐘下的城門進城去，穿遍大街小巷。

星期天的下午，原班人馬循反方向，在日光下將前夜的瘋狂炫麗重演一次，一路回到火車站，爲今年的歡聲雷動畫下句點。而那座港邊的樂園，不過是錦上添花、爲熱鬧氣息更添丰采啊！

星期六一早天氣就不好，城的上空厚厚烏雲盤踞，沒有挪移的跡象。人潮在傍晚左右開始聚集，以大鐘一帶爲中心，趕早佔個視野佳的好位子。大鐘對街的看台區，聽說是賣票的，三兩隻小貓坐在上頭。

看準了鐵要下雨，我們一群人十幾個，選擇了跑到大街上常泡的一家名叫「辦公室」的PUB去，擠在二樓的窗邊，準備邊飲冰啤酒邊看遊行。

隊伍還沒來，傾盆大雨在七點整臨空澆下。街上的人全躲進了露天咖啡的棚子底下，對面毫無遮蔽的看台突然變得極可笑，那三兩隻小貓也急急逃竄——正如「卡娃卡得」的字面解釋一樣！

那夜的遊行，究竟出來了些什麼角色、花車上怎麼個佈置的，很難看個清楚。間歇性的狂雨，「急流奔湧」般地從天上直直衝來，巨大雨點模糊了人視線，一陣一陣狂雨中間的休息時間，我們只注意到街心上每一個表演者哭笑不得的表情和一身不知吸了幾斤雨水的變形衣物。甚至還有穿著塑膠雨衣在街頭舞著的一個怪異舞蹈群。我相信他們原本想秀出來的表演服，應該是那一層塑膠袋底下隱隱透出來的嫩黃色蓬蓬裙吧！

撐著傘仍熱情捧場的觀眾不少，我則掏出一頂皺皺的棒球帽、儘量壓低帽沿，將寶貝相機

藏在外套裡，職業的本能促使著冒雨去記錄下這場難得的變了調的雨中派對。再出現友人們面前時，渾身上下濕個透徹，只有相機除外。

看來老天爺存心戲弄這群敬業的表演者、和像我這種瘋狂的觀眾。就在當夜的遊行被迫草草結束之後，近午夜時，大雨停了，港邊的樂園，竟張燈結彩轉動了起來！粉紅色大章魚在雨後冰凍凝結成塊的夜空中揮動八爪，爪下被載動著的人們，用尖叫聲再一次為今年的「卡娃卡得節」正式畫下歡愉喧騰的開始。我們興奮地衝進塑膠棚搭建的長長一排排遊戲街裡去，棚沿邊上不時有雨滴滑落；機械聲光左右夾攻，午夜的港灣在沸騰，深深深深寶藍色的靜默夜空中，一股奇幻迷離籠罩。

「明天還來？」

「嗯。」

踢答——踢答——踏著自己腳步聲，城區裡早靜悄悄的，將疲憊不堪的身軀給丟上床時，大約是凌晨三點。

大崎的來電，在我的白日夢中響徹雲霄。「喂！還在睡嗎？三點半大鐘前見，五點鐘大遊行完畢閉幕式，我們去正趕上遊行！」

我起身推開窗，地上一片乾，風有些微涼，昨夜那場暴雨早消失了蹤影。沖個快澡，把早餐午餐一起解決，為稍涼的氣息多披了件外衣。

老遠地快要接近港灣區時，馬路上已經出現禁行車輛的路障。整條大道滿滿的全是人，孩子坐在爸爸的肩頭、情侶倆分食一枝黏答答的棉花糖，兩旁是攤販們摩肩接踵，長長一列沿著大道一字排開幾乎看不到盡頭。八塊法郎可以抱走十條白軟香滑的奶油花生糖棒；七彩的透明的圓形的卡通人物形狀的各式汽球，每個帶著孩子的都得買一枚；糖果攤前濃濃甜香襲人，擺在檯上左手邊一盤嬌艷的鮮紅欲滴像毒了白雪公主的、是我最愛的裹著紅色糖漿的糖蘋果，右手邊那一盤則裹了巧克力，一顆一顆站在盤中有絲絨般的高貴質感。

更遠處飄來的是烤肉香、煎牛排的油香味兒，賣T恤帽子紀念品的夾雜其中。面臨港灣的整排咖啡座已經坐無虛席，很難想像前夜裡大夥兒棚下避雨的狼狽樣子。

被淋成落湯雞的可憐的遊行隊伍，這會兒終於得以清爽的模樣和精心造型示人。這場陣勢浩大的遊行，原來內容還真是多元化！一輛輛緩緩駛過的巨型花車上，有美女身著足足一層樓

高的蓬裙甜甜笑著低頭向底下眾生揮手；佈置成叢林狀、上面幾個男扮女裝紮著粗粗麻花辮的「大妞兒」在盪鞦韆耍寶，演的是歐洲家喻戶曉的卡通裡面喜趣人物。至於其餘捨四輪而就兩條腿的龐大陣容，就更精彩了！

著大禮服水準頗不俗的管樂隊、敲鑼打鼓陣天價響的鼓樂隊，用精神抖擻的音符敲開了顯得有點兒陰鬱的天空；服裝鮮麗的一隻隻舞蹈團在街當中轉圈圈轉得人心頭更鮮亮了；最驚人的是那爲數頗不少的怪異裝扮者：這些也通通出自於神話或卡通中的角色，有包著尿片坐在學步車上滿街亂竄的巨型「老」嬰孩、拄著枴杖一條腿纏得像個木乃伊似卻跑得飛快到處偷襲人的老頭子、頭戴廚師帽推著張圓桌上頭一堆假臘腸拼命往人群裡撞的假廚子眞頑童、還有肩扛一管大鋼砲射得人滿頭滿身圓圓七彩碎紙片的頑皮老兵——因爲取景搶鏡頭而站在最前線的我，事後在洗手間裡，從全身上下衣服裡裡外外，狠狠抖出了恐怕有一斤重的碎紙片。

「卡娃卡得」的大遊行，終於在一片歡聲雷動喜氣洋洋間雜著被偷襲者的驚聲尖叫中熱鬧結束。向晚天邊正緩緩染上薄薄金邊和一抹粉紅，也或許這大自然的奇異光采中，多多少少攙了些來自人間樂園裡的絢華吧！五光十色的港邊，第二個、也是今年最後一個「卡娃卡得」之夜剛剛拉開序幕，不捨離去的人們紛湧進這座樂園中將歡樂延續。

「嘿！看那邊！可以看到我家呢！」不騙你，當我們被機械怪獸的巨臂甩向半空中時，因爲不敢玩而自願留在底下擔任攝影師的莎碧，看起來只有一顆蘋果般大小；而遠遠的在整個城區之後、天際大塊紫雲之下，一清二楚站在那兒的，正是德莉莉家巷口兩座灰灰的大水塔呢！

「那你家在哪兒？」「看到沒？直直往前方穿過海灘右轉那一片小廣場旁就是！」把握住每一次盪到最高處的機會，大家急切切地用目光搜尋自己最熟悉的地盤。自初來乍到即一遍遍在心裡溫習、早就快背起來的拉荷歇爾城地圖，突然天寬地闊的以立體之姿開展眼前！情不自禁的興奮尖叫聲，好像已不光只是來自於那股從肚腸直竄上腦門兒的騷癢感覺。全身的血液正熱呼呼急速奔流著。

更驚人的尖叫聲從左前方傳來，在那一塊恐怖的幾何豔彩巨型板子上，給定在坐椅裡正被上下左右飛快亂轉著的，不是尙娥、沙哈還有史帝夫嗎？「瘋狂旋轉板」對我們來說是太激烈了啊！從昨天就一直在嚷著找不到人陪去坐那塊板子的尙娥，總算拉到了伴兒了。這個角度望過去，好像有一種他們隨時要被摔到聖尼古拉塔頂去升旗的錯覺。

身邊一個慘叫聲也始終沒斷過。被我們給趕鴨子硬上架的大崎，緊抓著馬可的手臂把頭埋在人家肩上，硬是死也不肯張開眼睛看一眼——在事後洗出來的照片中，排排坐的一張張興奮面孔當中，出現一個看起來沒有臉、從脖子以上只見黑色一團披頭散髮的妖怪，被大家足足調侃了好一陣子。

「明年再來『卡娃卡得』一番吧！」急速的飛轉中，不知是誰丟了這麼句話在風中。別給轉昏了頭了，好朋友啊，在年年如一的歡笑聲中，屬於我們的，就只停格在這一刻啊！不爲什麼，只因我們都是過客。而那與你一同衝鋒陷陣的四十八小時，在記憶中永遠鮮活，伴著你的飛揚笑容和耳際聲聲尖叫。

尾聲

關於一個名叫鄉愁的頻道，
和一場永不停歇的盛宴

人生的組成，本就是一段一段緣份的記憶。
而其中，
意料之外的又遠比預想中的來得多。

在拉荷歐爾的一百八十個日子裡，我每晚睡前都喜歡收聽一個叫「那思塔基」的當地電台。

Nostalgie，懷念的鄉愁。沒有多餘的絮絮叨叨、沒有震撼的驚喜廣告，深夜裡的思鄉電台，悠揚跳躍的懶懶音符中是路易斯阿姆斯壯在那街道向陽的一面、約翰丹佛高亢的嗓音說我將乘噴射機離去，還有在那更古老的、彈著舌尖發「R」音的舊日法蘭西，一支支或沉緩或激昂的香頌裡，女人在訴說著戰爭離散情人的苦，男人在頌揚著歌舞昇平的老巴黎。

一直沒來由地愛極了這些個令人懷念的往昔旋律，英文也好、法文也好。窗外是這座古城寂靜的街道，等不到行人的街燈孤單單佇立著，但我的心不孤單。總留著一盞小燈的溫暖房間裡，一首首走過歲月的歌聲伴著睡去。然後這一百八十個靜謐的夜，終於也成爲一場過往歲月。

人生的組成，本就是一段一段緣份的記憶。而其中，意料之外的又遠比預想中的來得多。一年多前的「拉荷歐爾」這個名字，是個未知而令人期待的陌生，隨著凜冬、暖春、初夏的腳步，「思鄉電台」伴隨耳畔的日子飛逝，怎麼能期想得到，這場短暫的緣，竟會造就了生命裡刻骨銘心一抹遙遠的鄉愁。

在床邊放下沉重的行李箱，喘了一口大氣之後，拉開窗，冰寒的冷風襲進室內，天陰暗暗的，如果有陽光的話灑個滿室一定很舒爽。喜歡這個房間，這就是將要待上大半年的家了，待

會兒下樓要跟房東太太說些什麼呢？感覺上她人還不錯，先來研究一下基礎會話手冊，找幾句問候詞吧！

拉荷歇爾的初印象還歷歷在目，每一個細微感受都依舊新鮮。再度從櫃子裡拉出那只大行李箱，是要告別的時候了。

又是清早的火車，天還沒亮的微光裡，德莉莉打開那袋爲我準備的早餐包，一隻銀色亮晃晃的東西出現眼前。

「這是我寶貝的銀湯匙哦！」她拿著在手裡晃來晃去，「裡頭有兩盒妳最愛吃的蘋果泥，這湯匙妳就帶著用。我可是從來沒把這送給別人哦！這是值錢的寶貝啊！給了妳，妳要回來啊！要回來看我哦！」

直到月台上鳴了長笛一聲，列車門即將關上的剎那，車窗外德莉莉的大嗓門兒仍舊清楚地傳進耳朵：「別忘了我的銀湯匙啊！妳一定要回來哦……」

我的家被拋在TGV的尾巴後頭，想家的心被子彈列車的加速強力撕扯著，此刻才開始的鄉愁惹得人紅了眼眶——

海明威說：「巴黎，是一場永不停息的流動饗宴。」

深有同感的人想必不在少數，可是，就算你逛拉丁區像在逛自家後花園一樣、一年四季也總要上丁香園去坐坐，可屬於你的那場花都饗宴，怎麼也不可能跟海大師的是同一場。

我並不討厭巴黎，只是知道自己的盛宴不會在那兒開席。大部份人們生在哪兒就很自然地定在哪兒安分耕耘一輩子，但是我總覺得，就好像每個人有自己個性一樣，在這個地球上，你應該也有自己眞正最「對味兒」的地方，那個地方不見得是出生成長的家鄉，姑且我們就把它稱之爲是你的「盛宴」。當找到了生命中那個正確的「開席」地點，在只屬於你的這場人生宴裡，每一個日子、每一輪晝夜，都會過得眞正有味道。即使最平淡的無奇一天，也會流逝以神清氣爽逍遙之姿。

拉荷歐爾是我的饗宴。

有點兒不幸的，拉荷歐爾不是巴黎。在引人去關注和感興趣這一點上頭，天生就吃了些虧。也很幸運的，拉荷歐爾不是巴黎。這樣你我才能用完全空白的認知、和隻字未寫的期待，徹徹底底地去認識她。

我用我的歲月和腳步，一天天一步步地、去盡力發掘這場活生生精彩盛宴裡頭一道一道佳餚好滋味兒；而你用一對眞實的眼、及心靈的眼，透過閱讀與想像的過程，品嚐了道道美味。

可是，既然要扯上人生這回事，那麼，不論我們用多麼清新美好的字句，去呈現出想要向人們表達的種種動人故事精彩情節，那些個不十分美好的部份，並不會因爲沒有專文拿來寫，就代表它們不曾存在。

回台之後和親朋好友相聚，短短幾天內連著兩場大魚大肉、山珍海味，西至歐陸東至東洋什麼好料都有的熱鬧饗宴，第一回，正當大夥兒盛讚店家的烤牛肉鮮嫩、海產料理精彩，甚至甜湯地道的同時，卻有人吃到了看起來漂亮肥碩結果卻一身騷臭根本沒有做好保鮮的紐西蘭生蠔；第二回，從生菜沙拉開胃小碟魚肉海鮮而至蛋糕甜點，全都心滿意足吞下肚了，最後卻給已經發酸的西瓜搞得全桌眉頭大皺。

生命裡頭根本沒有「完美」這兩個字。這兩字所組合起來的，是一種很可怕的境界。騷臭的生蠔和發酸的西瓜，並不因爲其餘餐點的華美，就獲得了不會出現的保證。

世人景仰的巴黎，浪漫源頭的巴黎，有人每年都要回去朝聖、流連忘返的巴黎，醜惡一樣在每個街角猙獰微笑。結結實實踩著一腳狗屎是小事，語言不通地受了一肚子所謂的法國人或巴黎人的高傲悶氣也還算不上什麼，全身上下給扒光搶光是夠慘了；又或者世人心目中這個最美麗的所在，卻正好藏著你某段心碎往事再不願回首。

沒有哪個地方是只收留美好而將失望給排拒門外的。但如果那註定了是你的地方，你就能在那裡的每一幕美好、每一抹失望當中，看見、並且學得生命裡該你的功課。

飛越過的路徑幾乎已經要圓滿的環繞地球，輪子載動著的顛簸旅程更難以計算，拉荷歐爾是我的宴席。因爲是該自己的份，吃起來特別安心美味。你看見了我用原裝新鮮材料烹煮調味呈現在你眼前的一道道美饌，而那不怎麼新鮮的蠔和西瓜，我也不介意承認它們的存在；要是沒有嚐到它們，怎麼能在味蕾上襯托出高品質牛肉的鮮美滑嫩呢？

會都不記得嗎？初來的頭一天走在街上，連撞了人都不知該開口說什麼，得不到應有回應的路人，狠狠就拿我完全不懂的語言破口痛罵一頓；邊走邊跳地滿街閃避剛剛製造的熱騰騰新鮮狗屎，更是家常便飯；初時去報到的戶政事務所裡那張晚娘臉，要是跟臨離去前兩周、德莉莉開車陪著到城裡郵政總局寄包裹時所碰上的、把德莉莉給氣得渾身發抖的那副傲慢醜臉比起來，可眞算不上什麼。

而同樣忘不了的，是小藥局裡，努力操著生硬英語爲我指路、更熱心代叫計程車送我回家的年輕店員；糖果店裡，總是把我最愛的麥芽糖蔥給多抓一把裝進袋裡的製糖老師傅；郵局裡主動走出櫃台來伸出援手的那位穿著優雅長裙的女士；照相館裡一頭俏麗短髮笑起來像戴安娜王妃的美麗店老闆；還有太多太多你已經在故事中認識了的人們……

至於因著自己心情起起落落、一張張面孔一段段際遇在每個日子裡來來去去，歡笑和哀傷、悸動和慨然，更是從來不曾歇息過。

你看到我的甜蜜時光，間或夾雜些許淡淡愁懷；而這段歲月給了我的，卻並不只是熱鬧豐富美好寫意。那個炙熱的午後，陽光下鮮麗潔爽的街頭，一路在深色鏡片底下狂猛奔流的淚水；春暖花開綠漫枝頭的拉荷歇爾遼闊公園某個靜僻角落裡，佔據樹蔭下一張木條椅，默默痛到沒有淚的那個晨早；毅然將長髮剪到肩上卻仍剪不掉心頭糾結煩惱絲、夜深之中急切切想讓哀愁散盡在人聲喧嘩香煙遼繞和濃濃酒精裡頭的那襲心底狂潮，都更是回憶當中永遠鮮明而且不能抹滅的部分。

拉荷歇爾依舊是我的盛宴。痛苦將甜蜜襯得更真切，將生命架構的實實在在。

人飛遠了，但已經用心去遍嚐的酸甜苦辣，給用記憶深植生命裡。有些事情此生再也不可停止或遺忘，當它已牢牢成爲你的一部份。

浩美寄來的 e-mail 說申請到了波爾多大學的短期課程，順利的話，一年之後在吐魯斯，我們將再續同窗之緣；富士美和隆志繼續待在拉荷歐爾，將在我日夜思念的大西洋彼岸迎接新世紀的到來；桑塔拿了法文檢定證書回到瑞士，工作崗位上果然順利晉升；莉蒂亞如願加入了巡迴全國演出的馬戲班，年初就要上路，一站站表演她最拿手的花式滑冰。

並沒有馬可的消息。道再見時心底其實都明白了，此生若能不要再相見才眞是幸運。想是已經順利辦完了婚事，蘇黎士湖畔與日本太太共享此生，山光水色裡養幾個胖寶寶怡然逍遙。

台北的秋天，大地震之後的蕭瑟，正忙著將書稿拍板定案的當兒，深夜裡突然一陣電話鈴響，喂了一聲之後，那頭傳來的竟是德莉莉充滿急切的聲音，語言不通的只能拼命叫著我名字，「以爲妳死了，電視新聞每節都播，樓房震垮成那樣，人都壓在裡面…我看了掉眼淚，哭了又哭，女兒葛葛一直安慰我說，嘉寶她一定不會死的，可是我急啊！我非要打了這通電話給妳才能安心。眞是老天保祐，妳果眞還活著…」

想念的一把聲音，在耳畔是如此地清晰宏亮，嘴裡忙吐出數月未用已經顯得支離破碎的法文、心底一股洶湧暖流狂猛襲捲上來。整個人一分鐘前還冷靜清醒，一分鐘後，卻不知是因爲發現自己法文日漸生疏而困窘，或是其它什麼別的原因，從頭到腳熱呼呼地，一顆心急速用力跳動著。

「The feast will never stops」如果你以前就認識我，也許現在在你眼前這個女子，看起來跟過去並沒有明顯不同；可是，在那肉眼看不見，只有自己觸得到的地方，一場盛宴正熱鬧，這個靈魂已經給添得更豐富。

後記

只要有愛就能飛翔

一隻小海鷗越過千山萬水，到遙遠的大西洋海岸去學飛。遼闊的這世界給予太多太多，甜蜜的溫暖、和嚴酷的磨練，都茁壯了她的翅膀。在這段課程將近尾聲前的一個夜裡，她的夢中來了一位和藹的智者。老人一頭銀髮，身上一件柔軟的褐色袍子，深沉夜色中，灑在地上的是皎潔月光。

「用妳的語言，大聲的說愛。」沒有多餘的話語和解釋，老人堅定沉穩的語氣，像一道溫和的命令。

只記得自己雙眼緊閉，從老人面前大步大步退開去，四周一望無際的遼闊平野吹著自由的風，張開雙臂，在心底一遍又一遍、大聲地喊出那代表愛意的三個字，世間最原始、最簡單的三個字。

睜開眼睛的時候，身子竟已自在輕緩地飛向遙遙夜空，涼風在耳邊暢快地吹拂著，老人溫柔的聲音餘韻遼繞，直到清醒的一瞬間，那聲音依然清晰地迴盪整個房間久久不散；祂在說著：「只要有愛，就能飛翔！」

交付了眞心和生命去認眞學飛的小海鷗，終於得到來自天界智者的指令。

要學習的技巧還太多太多，而愛，是唯一依據。

謹以此書　獻給所有愛我和我所愛的人，尤其是我的家人。

105 台北市南京東路四段25號11樓

廣告回信
台灣北區郵政管理局登記證
北台字第10227號

大塊文化出版股份有限公司 收

地址：＿＿市／縣＿＿鄉／鎮／市／區＿＿路／街＿＿段＿＿巷

＿＿弄＿＿號＿＿樓

姓名：

請沿虛線撕下後對折裝訂寄回，謝謝！

大塊 LOCUS 文化

編號：CA 023　書名：拉荷歐爾

大塊
LOCUS
文化

讀者回函卡

謝謝您購買這本書，爲了加強對您的服務，請您詳細填寫本卡各欄，寄回大塊出版 (免附回郵) 即可不定期收到本公司最新的出版資訊。

姓名：________________ **身分證字號**：________________

住址：________________________________

聯絡電話：(O)________________ (H)________________

出生日期：______年______月______日 E-mail: ________________

學歷：1.□高中及高中以下 2.□專科與大學 3.□研究所以上

職業：1.□學生 2.□資訊業 3.□工 4.□商 5.□服務業 6.□軍警公教 7.□自由業及專業 8.□其他________

從何處得知本書：1.□逛書店 2.□報紙廣告 3.□雜誌廣告 4.□新聞報導 5.□親友介紹 6.□公車廣告 7.□廣播節目8.□書訊 9.□廣告信函 10.□其他____________

您購買過我們那些系列的書：

1.□Touch系列 2.□Mark系列 3.□Smile系列 4.□Catch系列 5.□PC Pink系列 6□tomorrow系列 7□sense系列

閱讀嗜好：

1.□財經 2.□企管 3.□心理 4.□勵志 5.□社會人文 6.□自然科學 7.□傳記 8.□音樂藝術 9.□文學 10.□保健 11.□漫畫 12.□其他_____

對我們的建議：________________________________

____

____

LOCUS

LOCUS

LOCUS

LOCUS